DACHA MO GHAOIL

Is fhada o bha fhios aig an t-saoghal mhòr air cho comasach 's a bha Tormod MacGill-Eain, co-dhiù a bha e a' teagasg sgoile, ri bàrdachd, ri seinn, ri pìobaireachd no ri amadanachd air an àrd-ùrlar no air an telebhisean. Bha sin gun tighinn air na caran eile a rinn e eadar Canada, Florida, California, Meagsago is Venezuela. Ach ann an 1996 nochd e taobh eile dhe chuid thàlannan leis an nobhail *Cùmhnantan* (Clò Loch Abair), sgeulachd air saoghal an telebhisean, le a chothroman 's a bhuairidhean, is air mar a bha a' dol dha na Gàidheil ann. Cha b' fhada gus an robh an ath nobhail ga cur an tairgse an leughadair, ach bha *Keino* (Clò Loch Abair, 1998) glè eadar-dhealaichte, is i a' dèiligeadh ri gaol, miannan na feòla, cionta is sàbhaladh ann an cainnt a bha brìoghmhor, siùbhlach agus, aig amannan, borb. Tha taobh eile a-rithist de chomas sgrìobhaidh Thormoid a' nochdadh san leabhar seo, le sgeulachd spòrsail, èibhinn (a rinn e an toiseach mar dhealbh-chluiche).

O chionn bhliadhnaichean tha Tormod air a bhith air ais ann an Glaschu, far an do rugadh e, ged a fhuair e cuid dhe thogail ri taobh Loch Airceig is ann am Beinn a' Bhadhla. Bha a mhàthair à Uibhist is athair à Tiridhe. Chaidh e dhan sgoil is dhan Oilthigh sa bhaile, is thug e greis mhath a' teagasg sgoile air feadh Alba, eadar Lìonal, Inbhir Losa, Cille Chuimein, Glaschu 's an t-Òban. Choisinn e cliù mòr ri linn dà phrìomh dhuais a' Mhòid Nàiseanta – airson bàrdachd is airson seinn – a bhuannachadh san aon bhliadhna, 1967. Greis às dèidh sin thòisich e air obair, mar a chanas e fhèin, mar ghlaoiceire, agus 's ann san riochd sin, is mar fhear-ciùil, as eòlaiche air fhathast.

Dacha mo Ghaoil

Tormod MacGill-Eain

CLÀR

CLÀR

Foillsichte le CLÀR, Station House, Deimhidh,
Inbhir Nis IV2 5XQ Alba

A' chiad chlò 2005

Air a chur ann an clò Minion
le Edderston Book Design, Baile nam Puball
Air a chlò-bhualadh le Creative Print and Design, Ebbw Vale, A' Chuimrigh

Tha clàr-fhiosrachadh foillseachaidh dhan leabhar seo
ri fhaighinn bho Leabharlann Bhreatainn

LAGE/ISBN: 1-900901-16-1

ÙR-SGEUL

Tha amas sònraichte aig Ùr-Sgeul – rosg Gàidhlig ùr do dh'inbhich a bhrosnachadh agus a chur an clò. Bhathar a' faireachdainn gu robh beàrn mhòr an seo agus, an co-bhonn ri foillsichearan Gàidhlig, ghabh Comhairle nan Leabhraichean oirre feuchainn ris a' bheàrn a lìonadh. Fhuaireadh taic tron Chrannchur Nàiseanta (Comhairle nan Ealain – Writers Factory) agus bho Bhòrd na Gàidhlig (Alba) gus seo a chur air bhonn. A-nis tha sreath ùr ga chur fa chomhair leughadairean – nobhailean, sgeulachdan goirid, eachdraidh beatha is eile.

Ùr-Sgeul: sgrìobhadh làidir ùidheil – tha sinn an dòchas gun còrd e ribh.

www.ur-sgeul.com

Tha an leabhran seo do Sheòras Phàdraig Chaluim Ruairidh,
a chuir am beachd-smuain faoin seo nam cheann-sa bho chionn fhada.

A Leughadair Ghràdhach, tha mi a' cur meala-naidheachd ort. Nach tu rinn an deagh thaghadh! Tha mi an dòchas gun toir a' bheag-nobhail seo tlachd is toil-inntinn dhut fhèin.

Le mòr spèis,
Tormod MacGill-Eain

Clàr-Innse

Ge b'e ni a shiol-chuireas duine, an ni ceudna buainidh e.

Galatianach 6:7

1

Aig crois-rathaid Àsgairnis ann an Uibhist a Deas tharraing Calum Dòmhnallach, sia troighean gu leth air àirde, còig thar fhichead bliadhna dh'aois, gu làidir gu a làimh chlì air cuibhle-stiùiridh na bhana bige aige. Bha e còmhdaichte bho bhrògan àrda chun a' churraic aige ann an aodach breug-riochdach. Ghabh e lùb na h-ùtraid aig astar deich thar fhichead mìle san uair. Bha na fiaclan ris agus bha a ghuailnean air an cromadh chun na cuibhle. Stamp e air a' bhrèig mu dheich troighean air falbh bho dhoras-aghaidh taighe a bha gun mhullach air.

"Dia bhith timcheall oirnn," thuirt Daibhidh MacÌosaig – fichead, caol, robach na chuid aodaich – a bha na chnap air an t-suidheachan-aiseig ri thaobh. Shìn e a làmh a-null is dhùin e sìos an t-einnsean. Thilg e na h-iuchraichean an uchd a chompanaich. "Thugainn," thuirt e. "Tha Donnchadh a' feitheamh rinn."

Ghnog Daibhidh air doras an taighe. Sheas e gu stobach ag èisteachd ri fuaim ùird a' bualadh air meatailt agus guth boireannaich a' bruidhinn ann an cainnt choimhich agus fireannach ga freagairt. Dhà no trì throighean air a chùlaibh bha Calum na shuidhe casa-gobhal air baidhsagal leanaibh. "A Dhaibhidh," thuirt e, "dè 'n Diabhal tha dol air adhart a-staigh an sin?"

Thionndaidh Daibhidh is rinn e snodha-gàire. "Tha boireannach còmhla ris," thuirt e.

Ghlaodh Calum gu làidir: "Fosgail an doras, a shalchair bhig tha thu ann."

" 'S dòcha gur e droch àm a tha seo do Dhonnchadh," thuirt Daibhidh.

Chaidh an doras fhosgladh, agus siud Donnchadh, òrd na làimh. 'S e duine beag reamhar, stuidearra a bh' ann, a' streap ri leth-cheud bliadhna, muinchillean na lèine gile aige air an truiseadh os cionn uilnean. Bha briogais dhungairidhe air a bha fada ro theann dha. Bha min-sàibh timcheall air a ghobhal. Bha sgall air a ghruaig thana dhuibh. Thàinig plìonas gu aodann an uair a chunnaic e Daibhidh. "A ghràidhein nan daoin'," thuirt e, " 's math t' fhaicinn." Dh'fhàs e stuirceach an uair a mhothaich e do Chalum. "Agus . . . thug thu am fear seo còmhla riut?" thuirt e. " 'S fheàrr dhuibh tighinn a-staigh."

A rèir na trealaich a bha sgapte air feadh an rùim – pìoban copair, uèirichean, dèilean – bha e soilleir gu robh Donnchadh an teis-meadhan an t-àite ath-nuadhachadh. Bha an triùir aca nan seasamh gu cearbach a' coimhead ri chèile.

" 'S e Calum a chanas iad riumsa," thuirt Calum, 's e ga bhruthadh fhèin seachad air a chompanach. "Cà' il am boireannach?"

"Am boireannach?" thuirt Donnchadh. "O, seadh. 'S e teip

a chuala sibh. Tha mi feuchainn ri beagan de chainnt nan Ruiseanach ionnsachadh."

"Nì sin feum dhut, Tiny," thuirt Calum, "'s tu feuchainn ri carry-out a cheannach ann an Creag Ghoraidh aig àm sgaoilidh oidhche Shathairne."

"'Donnchadh' timcheall air a seo," thuirt Donnchadh. "Faodaidh tu 'Donnchadh' èigheachd orm a-staigh an seo. 'S e 'Mr MacCormack' a chanas na balaich a tha 'g obair dhomh, ach faodaidh tusa 'Donnchadh' a chleachdadh. Bidh sin taghta."

"Feuchaidh mi ri sin a dhèanamh, Tiny," thuirt Calum. "Nì mi mo dhìcheall."

"Dh'fhaodadh tu a bhith air cuideigin eile fhaighinn, a Dhaibhidh," thuirt Donnchadh. "Tha 'm fear seo a' dol air an nèarbh agam. Bheil agam ri cur suas ri cac mar seo?"

"Dh'fhaodainn cuideigin eile fhaighinn," thuirt Daibhidh. "Ach dh'iarr thu orm duine fhaighinn, tha fhios agad, nach leaghadh an t-eagal. Tha Calum an seo gu math bragail, ach, an fhìrinn, rachadh e thro thaigh teine ma thig e gu sabaid."

"Air mo shon fhìn," thuirt Donnchadh, "b' fheàrr leamsa cuideigin a chitheadh gu robh an taigh na theine 's a choisicheadh timcheall air."

"Tha mo fhradharc air leth math, Tiny," thuirt Calum. "Chì mi troich beag air mo bheulaibh an-dràsta, agus b' shuarach orm sgailc a thoirt dha an toll na cluaise."

"'N fhìrinn, cha toigh leam am preig a tha seo," thuirt Donnchadh. "Nach teirg thu dh'Èirisgeigh, a Dhaibhidh, feuch am faigh thu gille brèagha le gruag dhorcha? Tha an gill-fhonaidh seo cho mì-mhodhail 's nach eil mi airson innse dha dè tha dhìth orm."

"An ainm a Dhia, a Chaluim," thuirt Daibhidh, "nach dùin thu do chab gus an cluinn sinn dè 'n obair a tha e toirt dhuinn?"

"An rud a tha fa-near dhomh," thuirt Donnchadh, "an dithis a thaghas mi airson an obair seo a dhèanamh, gheibh iad dà mhìle not an duine. Ach am fear seo, chan eil mi ga iarraidh."

"Bheil cuimhn' agad air MacIlleathain?" thuirt Daibhidh.

"MacIlleathain – cò 'm fear dhiubh?" thuirt Donnchadh. "Somhairle, am bàrd? A' ghloidhc ud, Tormod MacIlleathain? Tha na ceudan dhiubh sin mun cuairt. Cò MacIlleathain?"

"Killer MacLean, Sgoil an Ìochdair," thuirt Daibhidh.

"Am bastar – seadh," thuirt Donnchadh. "Am fear a theab mo mharbhadh nuair a ghlac e sinn a' smocadh."

"Chan eil e 'g obair innte nis," thuirt Daibhidh.

" 'S math leam sin a chluinntinn," thuirt Donnchadh. "Tha mi 'n dòchas gun do bhàsaich e."

"Cha robh an còrr ann," thuirt Daibhidh. "Chunnaic mi e air cidhe Loch Baghasdail an oidhche mun do dh'fhàg e Uibhist. Bha cluas a dhìth air 's bha a dhà ghàirdean ann am plaster of Paris."

"Wow!" thuirt Donnchadh.

"Esan," thuirt Daibhidh.

"Nach ist thu," thuirt Donnchadh.

"Bha e ga bhreabadh, ga shaltairt 's ga dhochann," thuirt Daibhidh.

"Thug mi glamhach às a chluais le m' fhiaclan cuideachd," thuirt Calum.

" 'N tug e sràc dhutsa cuideachd?" dh'fhaighnich Donnchadh.

"Dh'fheuch e," thuirt Calum. "Bha mi air Secondary Two aig an àm. An latha bha seo, bha mi fhìn 's mac Phàdraig 'ic Mhìcheil nar suidhe air cùl an rùim a' deothal às botal ruma a cheannaich sinn aig àm dìnnearach sa Cho-operate. Thàinig an glaodh: 'MacDonald, MacKinnon, out to the floor.' Dh'iarr e orm mo làmh a chur a-mach bas gu mullach an taighe, ach nuair a thug e an t-sràc sìos rug mi air agus shlaod mi am bugair a-mach dhan ghàrradh. Cha deach e riamh air ais dhan rùm mhòr, ge-tà."

"Sin agad an duin' agamsa," thuirt Daibhidh. "'S e buamastair a th' ann, ach chan eil duine eadar Càirinis 's an Lùdag a nì sabaid coltach ris."

"Bu mhòr an t-atharrachadh a thàinig air MacIlleathain còir às dèidh na sabaid a bh' againn," thuirt Calum. "Tha e ann an Nursing Home an Glaschu a-nist, tha e coltach. Cha bhi cuimhne aige, 's dòcha, càit an do dh'fhàg e na speuclairean air neo dè an t-ainm a th' air anns na lathaichean a th' ann, ach a h-uile turas a dh'fheumas e fuaim an telebhisean a chur nas àirde a chionn 's gu bheil e cho bodhar, bidh cuimhn' aige air Calum Dòmhnallach."

"Bheil am fear seo fhathast ag òl?" thuirt Donnchadh. "Bheil an dithis agaibh a' gabhail smùidean?"

"O, tiormaich m' fhallas!" thuirt Calum. "A Dhaibhidh, bheil thusa air a bhith ri na shandies?"

"Mhoire Mhàthair," thuirt Daibhidh, "nach dùin thu do chraos, a Chaluim! Chan eil, chan eil de dh'airgead agam a cheannaicheas pinnt."

"Seachainibh an t-òl," thuirt Donnchadh. "Dhaibhidh, dh'iarr mi ort cuideigin fhaighinn a chionn 's gu bheil obair agam do dhithis, agus chan eil sìon aca ri dhèanamh ach a dhèanamh, 's gheibh sinn deagh chnap airgid. Chan ann a' cluich a tha sinn an seo, tha fhios agaibh. 'S e an t-airgead a tha dhìth orm. Sin an rud a tha mi feumachdainn."

"Tiny," thuirt Calum, "tha mise air a bhith 'g òl on a bha mi sa chreathal. Nuair a bha mi a' gearradh m' fhiaclan, bhiodh a' chailleach a' toirt dhomh na sine-deothail 's i air a tumadh ann an uisge-beatha. Bha mi nam shìneadh sa phram: cha robh fiacail nam chàirean, ach bha mi toilichte."

"O, bha," thuirt Donnchadh. "Ach chan eil mi deònach thu bhith toilichte air an sgrìob a tha seo. Tha mi deònach gum bi sibh sòbarra."

"Bidh e taghta, Dhonnchaidh," thuirt Daibhidh.

"'S dòcha," thuirt Donnchadh. "Tha mi airson a bhith cinnteach. Chan eil mi deònach an gnothach seo a dhèanamh gu cas."

"Tiny, 's ann air sàillibh airgid a tha thusa a' dèanamh seo, nach ann?" thuirt Calum.

"'S ann gu dearbha fhèin," thuirt Donnchadh. "An gaol, tha mi a' faighinn sin aig an taigh. Uill, tha. Aig amannan."

"A Dhonnchaidh," thuirt Daibhidh, "tha mise a' feumachdainn airgid. Tha bliadhna ann bhon a dh'fhàg mi an t-oilthigh. Cha do choisinn mi sgillinn on uair sin. An rud anns an tèid dàil, thèid dearmad."

"A charaid," thuirt Donnchadh, "an tè tha còmh' rium: Isa. Bha ise san oilthigh. Roinn na Beul-aithris, bheil fhios agad? Bha i ag obair innte fad ochd bliadhna. Bha i air a bhith shìos an sin an Dùn Èideann còig bliadhna mun do phòs sinn. Dh'fhaighneachd mi dhi turas dè b' adhbhar nach do chuir i a-mach leabhar dhen bhàrdachd aig Aonghas mac Dhòmhnaill Ailein – bha i air a bhith cruinneachadh stuth on a dh'fhàg i an sgoil. Dh'inns i dhomh: thuirt i, 'Dhonnchaidh, bheil fhios agad dè cho fada 's a thug Eàirdsidh Ailig Sheonaidh, ceannard na roinne, agus Màiri an Tàilleir, ban-Bharrach nach tug seachad barrachd air dusan òraid sa bhliadhna dha na h-oileanaich riamh na beatha, mun do chuir iad a-mach teip dhe na h-òrain aig Màireag Sheumais? Ceithir bliadhna fichead!' Mar sin, 's e cleas nan sgoilearan a bhios agam an turas seo. Tha mi dol a dh'fhuireach gu foighidneach. Cuir fòn thugam Diciadain. Bidh fhios a'm Diciadain. Innsidh mi dhuibh an uair sin."

Thionndaidh Donnchadh air falbh is chuir e a dhol snìomhaire-dealain.

Thog Daibhidh is Calum orra chun an dorais, agus bu trom ceumannan an casan air an ùrlar.

2

Ann an toiseach na bhana bige bha Calum agus Daibhidh nan suidhe gu sàmhach gun ghluasad, cho fada air falbh o chèile 's a b' urrainn dhaibh a bhith, a' coimhead a-mach air a' bhruchlaig.

Mu dheireadh, bhruidhinn Calum. "Right: dè tha thu dol a dhèanamh?"

"Tha e cho math dhomh," thuirt Daibhidh, "dèanamh air an taigh . . . seadh, taigh mo pheathar."

"Mar a thoilicheas tu fhèin," thuirt Calum. "Tha mise dol suas a Pholl a' Charra. Tha point agam an sin aig ceithir uairean. Às dèidh sin, tha mi dol air chèilidh air tè Fhrangach a choinnich mi rithe a-raoir ann an Sgoil Lìonacleit."

"Tha point agamsa aig ceithir uairean cuideachd," thuirt Daibhidh. "Mi fhìn 's Pàdraig Post. 'S beag an t-iongnadh gu bheil muinntir a' bhail' againn a' smaointinn gu bheil mi air a dhol neònach."

"Nach tèid thu sìos a Bheinn a' Bhadhla chun na sgoile?" thuirt Calum. "Tha an t-àite sin làn gu spreaghadh le nigheanan òga às gach dùthaich san Roinn-Eòrpa. Chan eil agad ri ràdh ach gur aithne dhut far a bheil dreothann a' neadachadh, 's bidh iad timcheall ort mar na seangannan."

"Tha sin gu math furasta dhutsa," thuirt Daibhidh. "Tha mise caran diùid dhìom fhìn timcheall air boireannaich sna lathaichean seo."

"Tud," thuirt Calum, "tha mise air a bhith a' ruith bhoireannach on a ghabh Làsarus an norrag. 'S e cion cleachdaidh a tha ceàrr ortsa."

"Ciamar a gheibh mi sìos 's gun cuibhlichean agam?" thuirt Daibhidh. "Uill, tha seann chranàitseach de bhaidhsagal aig mo bhràthair-cèile gun teagamh, ach ged a gheibhinn iasad dheth – 's tha droch amharas agam nach fhaigheadh – 's e fìor bhriogadair cruaidh a th' annsan: mun ruiginn Beinn a' Bhadhla à Baghasdal bhiodh an dreothann air falbh air saor-làithean gu Tenerife. 'S bhithinn-sa cho sgìth 's gum bithinn a' feumachdainn holiday ann an Tenerife mi fhìn."

"Uill," thuirt Calum, "cha chreid mi nach bi mise a' togail orm an ùine nach bi fada. An ceann mìos no dhà, rudeigin mar sin, ma chumas mi fhìn 's Tòmas oirnn leis an rud a th' againn an-dràsta, bidh bhana ùr agam – frids innte, 'ille – 's mi a' reic na sìthne ri na Gearmailtich."

"B' fheàrr leamsa gu robh an spionnadh sin annam fhìn," thuirt Daibhidh. "Saoilidh mi gu bheil mi a' caitheamh mo bheatha ag argamaid ri Alina 's an duin' aice. Nuair a bha mi san oilthigh an Glaschu, smaoinich mi, bha mi a' smaoineachadh: a ghràidhein, ma gheibh mi a-mach à àite na galla tha seo, 's fheàrr dha na h-igheanan aig an taigh an aire thoirt dhaib' fhèin, 'eil fhios agad? Ach a bheil fhios agad air a seo? An aon rud teth a tha nam bheatha an-dràsta, 's e a' hairdryer agam. 'S tha mac ifhreann briste."

"Faigh an raidhfil," thuirt Calum. "Thèid sinn às dèidh nam fiadh air Eubhal. Bheir mi P45 do Thòmas. Chan eil ann ach Pròstanach dubh às a' Cheann a Tuath co-dhiù. Reicidh sinn sitheann anns a' Ghearmailt. Chan fhaigh iad gu leòr dhith."

"Och, tapadh leat, a Chaluim," thuirt Daibhidh, "ach cha robh mise san Arm riamh mar a bha thusa . . . ged a bha mi gu math tric air bàtaichean Chal-Mac. 'S tha fìor dhroch chuimis agam. Sin as adhbhar, an obair tha seo aig Donnchadh – chan eil fhios a'm dè tha fa-near dha – 's i an aon rud a tha romham an-dràsta. Feumaidh mi èisteachd ris."

"Bha mise deònach gu leòr èisteachd ris-san," thuirt Calum. "Cha robh esan deònach bruidhinn 's mis' ann. Bha e a' sìor choimhead orm mar a bhiodh Samson, tha fhios, a' coimhead air Delìlah nuair a dh' inns i dha gu robh i a' dol a ghearradh na gruaig aige. Bheireadh e Taigh Iain Ghròt air. Cha toigh leis mise – okay. Ach cha bhi mise a' slìobadh a thòine-san los gum faigh mi deagh mhogan bhuaithe."

"Nach buidhe dhut!" thuirt Daibhidh. "Chan eil thusa ag iarraidh an dà mhìle. Tha mise. 'S chan aithne dhomh càit eile am faigh mi e. 'S aithne dhutsa, ge-tà."

"Seadh," thuirt Calum, "ach cha tubhairt e – cha do dh'inns e dhuinn ciamar a bha sinn a' dol a dh'fhaighinn dà mhìle not."

"Tha Donnchadh onarach gu leòr . . . na dhòigh fhèin," thuirt Daibhidh.

"Onarach mo thòn," thuirt Calum. "Tha Tiny MacCormaig

cho cam 's nach eil e dìreach nuair a bhios e na shìneadh san leabaidh."

"Bheil sin a' ciallachadh," thuirt Daibhidh, "nach eil thu tighinn còmhla rinn?"

"Trobhad," thuirt Calum, "thalla 's coinnich ris an duine. Feuch am faigh thu mach dè tha na cheann. Bidh mise mun cuairt. Ma gheibh thu a-mach, 's ma tha thu smaoineachadh gu bheil fiach ann, chan eil e gu diofar dhòmhsa. Ma thig thu gu co-dhùnadh gu bheil thu airson a dhèanamh, tha sin math gu leòr dhòmhsa – tha mi leat. Mura bi e gam iarraidh, tha mi a-muigh. Is coingeis leamsa."

"Thèid mi chun an taighe aige Diciadain," thuirt Daibhidh.

"Dèan thusa sin," thuirt Calum. "Nist, an tarraing thu a-mach às a' bhana seo, no bheil thu gu bhith nad shuidhe an sin gus an tig cuairt ort a-rithist?"

Thàinig Daibhidh a-mach às a' bhana. Choisich e sìos an ùtraid. Chaidh a' bhana seachad air, 's an t-einnsean a' sgiamhail.

3

Sheas Daibhidh ann an taigh Dhonnchaidh ann an Geàrraidh na Mònadh. Bha am fear a bh' ann ag obair le sgriubhaire air inneal eleactronach san oisean. Bha an teip Ruiseanach a' cluich gu ciùin.

"A Dhonnchaidh," thuirt Daibhidh, "nach cuir thu nighean na galla ud dheth?"

"'S fheàrr dhut faighinn cleachdte ris a' chainnt ud," thuirt Donnchadh, 's e a' cur dheth an reacòrdair. "Cluinnidh tu gu leòr dhith a dh'aithghearr."

"Dè thuirt thu?" thuirt Daibhidh

"Coma leat an-dràst'," thuirt Donnchadh. "Ma tha thusa deònach an obair seo a dhèanamh, cò eile tha sinn a' dol a dh'fhaighinn?"

"Tha am fear a th' ann deònach cuideachd," thuirt Daibhidh. "Thuirt e nam biodh tu ga iarraidh gun dèanadh e an rud a tha thu 'g iarraidh. Mura biodh tu ga iarraidh, cha chuireadh sin sìos no suas e: tha esan a' dèanamh gu math mar a tha e."

"Chan eil fhios a'm," thuirt Donnchadh. "Am fear a tha mise 'g iarraidh, feumaidh e bhith math air dèanamh suas ri boireannaich. Co-dhiù, math dh'fhaodte nach eil e singilte."

"Singilte?" thuirt Daibhidh.

"Seadh, gun a bhith pòsta," thuirt Donnchadh. "Cuideigin mar thu fhèin aig nach eil bean a bhios ga shàrachadh a h-uile latha dhe bheatha, a' bruidhinn thro sròin a chionn 's gu bheil a beul air caitheamh."

"Chan eil fear seach fear againn pòsta," thuirt Daibhidh.

"Dè 'm fios a th' agad," thuirt Donnchadh, "nach do phòs e òinseach air choreigin latha 's e air a dhalladh? Nach do dh'fheuch e ri rudeigin mar sin a dhèanamh nuair a bha sinn thall an Trà Lì a' reic t-shirts aig an Fhèis?"

"*Death before the Free Church*," thuirt Daibhidh. "Sin a bha sgrìobht' orra. Cha do reic sinn gin. Cha robh duin' agam a chuidicheadh leam. Bha mo laochan glaiste san rùm còmhla ris a' bhanaicheard ud – dè an t-ainm a bh' oirre a-rithist?: Mirren, sin i – fad seachdain. Chaidh e air a muin, tha mi cinnteach, ach cha do phòs iad idir. Bha tuilleadh 's a' chòir air inntinn an t-seachdain ud – sin uile."

"Tha e feumachdainn tuilleadh," thuirt Donnchadh. "Òrd ladhrach brèagha an cliathaich a chinn, mar eisimpleir."

"Chan eil seo gus 'ith . . . umh, borb, a bheil?" dh'fhaighnich Daibhidh.

"Chan eil, chan eil, a ghràidhein," thuirt Donnchadh. "'S ann a bhios deagh thimes agad – 'blas na meala air do phògan' . . . Trobhad ort, a bheil thu air a bhith còmhla ri boireannach on a thàine tu dhachaigh?"

"On a thàine mi dhachaigh?" thuirt Daibhidh. "'S e an togailinntinn bu mhotha a th' air a bhith agam cliop fhaighinn bhon bhorbair."

"Feumaidh an dithis a thaghas mise a bhith singilte," thuirt Donnchadh.

"Dhonnchaidh," thuirt Daibhidh, "tha Calum singilte. Tha mise singilte . . . agus bithidh, ma chumas mi orm mar seo, gus am bi feusag orm sìos gu mo ghlùinean."

"Cha d' fhuair thu obair fhathast?" thuirt Donnchadh.

"Bheil fhios agad dè rinn mi?" thuirt Daibhidh. "Chaidh mi sìos dhan DSS. Tannasg de dhuine à Inbhir Nis a' sgrìobhadh sìos a h-uile facal a chanas mi – dè na rinn mi san sgoil, anns an oilthigh: eachdraidh mo bheatha. Thug mi iomradh air VSO – Voluntary Service Overseas, bheil fhios agad? 'Seo rudeigin a dh'fhaodadh tu fheuchainn,' ars esan. 'Teagasg àiteachd dha na diolacha-dèirce ann an East Timor. Deich mìle sa bhliadhna . . . 'S e sin ma chì thu ceann na bliadhna. Tòrr dengue fever is malaria mun cuairt.' Fòghnaidh na dh'fhòghnas dhen siud. An uair sin choinnich mi ri Calum. Tha esan a' dèanamh glè mhath. Cha chuireadh e iongnadh orm ged a cheannaicheadh e Uist Builders no rudeigin an ceann cola-deug no mar sin."

"Uh-uh," thuirt Donnchadh, "beiridh a' Bhliadhn' Ùr air mun dèan e dà mhìle aig na fèidh. O, neo-ar-thaing nach eil saoghal glòrmhor roimhe – mar mhurtaire."

"'S dòcha," thuirt Daibhidh. "Ach nì e 'n gnothach uair no uaireigin. Ach bidh mise nam chnap san t-sèithear a' coimhead smùirneanan tro shùilean sgòthach. An ainm a Dhia, nach inns thu dhomh dè tha fa-near dhut?"

"Ostraitsean," thuirt Donnchadh.

"Ostraitsean?" thuirt Daibhidh.

"Seo an dreuchd ùr a tha air tighinn dha na h-Eileanan," thuirt Donnchadh. "Beathachadh ostraitsean. Tha fèill mhòr air stèic na h-ostraits anns na taighean-bìdh shìos an Lunnainn."

"Bheil gu dearbh?" thuirt Daibhidh.

"Tha," thuirt Donnchadh. "Bheir iad fichead bliadhna mum bi iad deiseil gus am marbhadh. Ach tha fiach airgid annta an uair sin."

"Air dòigh air choreigin," thuirt Daibhidh, "chan eil mi dèanamh toileachadh ris an naidheachd sin, bheil fhios agad, a Dhonnchaidh?"

"Trobhad 's gum faic thu na planaichean a th' agam airson na cruite an Uibhist a Tuath," thuirt Donnchadh. Thug e rola pàipeir a-nuas far sgeilp agus shìn e a-mach i air bòrd.

"Chan eil fhios a'm an còrd stèic na h-ostraits rium, a Dhonnchaidh," thuirt Daibhidh. "A bharrachd air a sin, chan aithne dhomh dè mar a bhios tu beathachadh nam beathaichean tha sin. Dè bhios iad ag ithe? Tàirnean?"

"Leig ostraitsean na mallachd às t' inntinn an-dràsta," thuirt Donnchadh. "Coimhead air a seo. Sin far am bi an jacuzzi – mar gum biodh san t-seann taigh, bheil fhios agad? Siud na treastaidhean timcheall air gach balla far am bi na daoine air am blian. Gu h-àrd, sin agad an gailearaidh a bhios a' ruith timcheall an rùim gu lèir far am bi an luchd-coimheid . . ."

"Dad ort," thuirt Daibhidh. "Dè tha thu ciallachadh? Cò an luchd-coimheid?"

". . . agus anns an extension thall an seo," thuirt Donnchadh, "sin far am bi na seòmraichean-cadail . . . bhidio, PCs le DVD agus MP3 files, a h-uile sìon en-suite ann an taigh nan cearc – O, chan iarr iad an saoghal fhàgail cho luath 's a chì iad an t-àit'-obrach aca."

"Cò?" thuirt Daibhidh.

"Na h-igheanan," thuirt Donnchadh.

"Cò na h-igheanan?" thuirt Daibhidh.

"Na h-igheanan Ruiseanach à Novosibirsk," thuirt Donnchadh.

"Tha fhios a'm gun gabh mi an t-aithreachas mu dheidhinn seo," thuirt Daibhidh, "ach a bheil buintealas sam bith agamsa ri na h-igheanan Ruiseanach?"

"Tha thu fhèin agus tè dhiubh a' dol a phòsadh," thuirt Donnchadh.

"A bheil?" thuirt Daibhidh.

"'S tha am fear fiadhaich, mas e sin am fear a tha thu 'g iarraidh, a' dol a phòsadh na dala tè," thuirt Donnchadh.

"Chan eil thusa tighinn?" thuirt Daibhidh.

"Dè mar fo Shealbh," thuirt Donnchadh, "a tha mise dol a phòsadh tè Ruiseanach 's mi pòst' aig Isa mar-thà? Chan eil mi airson pòsadh uair eile. Phòs mi aon turas. Tha aon turas gu leòr do dhuine sam bith nach do chaill a thoinisg. Chuireadh màthair eile Quentin agus Soraya throimht-a-chèile cuideachd. Uill, nas miosa na tha iad. Dh'fheumadh iad a dhol airson counselling. Taigh na galla dhan a sin."

"Dè na gheibheamaid?" thuirt Daibhidh.

"Dh'inns mi dhut mar-thà," thuirt Donnchadh. "Tha ceithir mìle ann, ma thig Tanya is Tamara a dh'Uibhist is pàipearan aca a dhearbhas gu bheil iad pòsta aig fireannaich aig a bheil passport UK."

"Ceart," thuirt Daibhidh. "Nì mi e. Mi fhìn 's Calum. Dè na th' againn de dh'ùine?"

"Tha na h-igheanan an Glaschu mar-thà," thuirt Donnchadh.

"Tha iad a' dèanamh lap-dancing ann am pub shìos an sin. Bidh agaibh ri falbh seachdain on diugh. Bheir mi dhut ainm agus seòladh an duine a tha coimhead às an dèidh gus am faigh iad na pàipearan. Tòisichidh mise air an taigh-cruite Diluain, thig na permits air an ath sheachdain uaireigin. Bidh sibh an Glaschu, can, fad mìos . . . am broilleach nan Ruiseanach."

Thuirt Daibhidh gu slaodach, "Bruidhinn air broilleach nan Ruiseanach . . . am faod duine a dhol . . . bheil fhios agad?"

"Faodaidh, 'ill' òig," thuirt Donnchadh. "Ma leigeas iad leat. Na bi smaointinn ge-tà gu faigh thu còir orra nuair a thig iad a dh'Uibhist. 'S ann a bhios iad fada ro thrang anns an t-Sruth Mhòr . . . a' coimhead às dèidh nan ostraitsean . . . is rudan mar sin, a bheil thu tuigsinn?"

4

Choisich Daibhidh agus Calum a-steach dhan bhàr air bòrd na h-aiseig *Lord of the Isles.* Shuidh iad air beingidh le bòrd beag cruinn air am beulaibh san oisean bìdeag air falbh bhon triùir no ceathrar eile a bha san àite.

"Bha i a' coimhead àlainn," thuirt Calum. "Dìreach àlainn. Gruag fhada bhàn oirre . . . agus nam faiceadh tu meud a cìochan . . . An gabh sinn drama? Nach math gun do dh'iarr mi expenses air a' bhriogadair, dè?"

"Ceud not an duine," thuirt Daibhidh. "Cha robh sin dona."

Choimhead Calum suas nuair a thàinig fear-freasgairt chun a' bhùird le truinnsear làn uighean, maragan agus hama. "Mo bhuan-bheannachd ort, 'ille," thuirt e, agus theann e ri ithe gu cabhagach.

"Cha chreid mi nach gabh mi glainne bhranndaidh," thuirt Daibhidh, 's e ag èirigh.

"Bhodca dhutsa, 'ille, bho seo a-mach," thuirt Calum, 's e a' bruidhinn le bheul làn.

Ghlan e an truinnsear is las e toitean agus ghabh e an ceò a-steach gu slaodach le anail. Thòisich e air seinn ann an guth sèimh. Bha e air a chasan a chur air stòl a bha ri taobh a' bhùird an uair a thàinig Daibhidh air ais le dà bhotal leanna is dà ghlainne bhodca.

"Sin thu," thuirt Daibhidh, is e a' cur na dibhe air a' bhòrd. Thog e tè dhe na glainneachan: "Slàinte."

"Slàinte," thuirt Calum.

Chrom Daibhidh a cheann agus chagair e: "Siuthad, a dhuine, inns dhomh mun tè Fhrangach."

"Cha d' fhuair thu pìos fhathast, an d' fhuair?" thuirt Calum.

"Cha d' fhuair," thuirt Daibhidh. "Ach gheibh mi . . ." Thug e duilleag pàipeir a-mach às a mhàileid-phòca is thug e sùil aithghearr oirre. "Gheibh mi . . . Tamara an ath-oidhch."

Leig Calum osna. "Nach ann annad a tha 'n gill-fhonaidh!" thuirt e. "Feumaidh mi do mhàthair a cheasnachadh. Leig i leat tuiteam a-mach às a' phram nuair a bha thu nad phàiste. 'S dòcha gun do thilg i thu a-mach às a' phram. Tha thu cho neochoireach 's gu bheil mi air mo nàrachadh, bheil fhios agad air a sin?"

"Ciamar?" thuirt Daibhidh.

Rug Calum air làimh Dhaibhidh agus theannaich e a ghrèim oirre. "Èist. Nuair a bha am motair agad, an robh a' chlogaid agad cuideachd, agus an robh thu ga cleachdadh?"

"Bha, bha," thuirt Daibhidh.

Leig Calum às làmh a charaid is thog e a chorrag mar gum biodh e a' searmonachadh. Bhruidhinn e ann an guth ìseal: "Bha còir agad a' chlogaid a ghleidheadh, 's a bhith ga chur ort . . . a h-uile turas a rachadh tu a-mach. Tha thu air damaiste a dhèanamh air do cheann leis na fhuair thu de bhuillean air. Bheil thu smaoineachadh gum faigh thu oidhche còmhla ri tè dhe na h-igheanan Ruiseanach?"

"Tha," thuirt Daibhidh gu neochoireach. "Carson nach faigheadh?"

Chrath Calum a cheann. "Chan ann a thaobh muineadaireachd a tha an gnothach seo idir," thuirt e le siot gàire. "Pòsaidh sinn, gheibh iadsan na pàipearan a tha dhìth orra agus thèid iad a dh'fhuireach . . . fuirichidh iad còmhla ri feadhainn as aithne dhaibh airson seachdain no dhà. An uair sin, cuiridh an Godfather brath sìos agus thèid an ceathrar againn dhachaigh a dh'Uibhist agus gheibh sinne dà mhìle not an duine."

"O, right," thuirt Daibhidh. "Right." Thàinig atharrachadh air aodann: rinn e gàire. "Uill, tha fhios a'm dè tha mise dol a dhèanamh leis an airgead."

"Inns dhomh," thuirt Calum.

Chaidh Daibhidh na bhoil agus theann e ri bruidhinn gu cabhagach 's cop mu bheul. "A' chiad rud a tha mi dol a dh'fhaighinn, 's e carabhan – àite dhomh fhìn, bheil fhios agad? Corra uair tha mi air a bhith fortanach is fhuair mi òinseach air choreigin aig an diosgo. Ach, a Dhia, chan eil e furasta a bhith romantic 's tu ga toirt dhachaigh gu taigh 's gràisg chloinne ann. An tè mu dheireadh, choimhead i orm mar gum b' e coileach a bh' annam nuair a chunnaic i pìosan Lego air feadh an ùrlair. B' fheudar dhomh leigeil orm gur e sin an cur-seachad a bh' agam."

"Uill," thuirt Calum, "an ceann mìos bidh bhana is frids innte agamsa, agus bidh mi a' dèanamh air a' Ghearmailt. Nuair a gheibh mi an t-airgead mòr an sin, 's dòcha gun tadhail mi air Amsterdam air mo shlighe air ais . . . 's gun ceannaich mi rudeigin an sin."

"Chan eil mise ullamh fhathast," thuirt Daibhidh. "Gheibh mi motair cuideachd, seann chranàitseach a chuireas mi fhìn air dòigh, aodach ùr – agus an uair sin tha mi dol a dh'fhaighinn girlfriend."

Ghabh Calum balgam beag às a' bhotal, thiormaich e a bhilean le caol a dhùirn is tharraing e anail. "An tè Fhrangach a bha mi còmhla rithe?" thuirt e le gàire fanaid. "Chan fhaca mi tè riamh a bha cho math rithe san leabaidh. Ach tha i cunnartach."

"Inns dhomh cà 'il i fuireach," thuirt Daibhidh sa bhad. "Na teirg air ais thuice. Chan eil mi airson gum bi gnothach agad ri boireannach cunnartach. Thèid mise air chèilidh oirre agus leughaidh mi an Tiomnadh Nuadh dhi no rudeigin."

"Cha tuirt mi nach robh mi dol a thilleadh," thuirt Calum, 's e a' strì ri fhoighidinn a ghleidheil. "Thuirt mi gu robh i cunnartach."

Leig Daibhidh air nach cual' e facal. "Cha chreid mi gum bu chòir dhut tilleadh," thuirt e. "Carson a tha thu a' dol a tharraing trioblaid ort fhèin? Gille-do-ghnothaich mar a th' annad fhèin? Thoir seachad i. Coimheadaidh mise às a dèidh."

"O, ghràidhein," thuirt Calum, "an tè Fhrangach, chan eil i ach còig bliadhn' deug."

Dh'fhàs sùilean Dhaibhidh cruinn agus dh'fhan e dà dhiog mun do dh'fhosgail e a bheul. "Uh-uh, tha sin a' cur dreach eile air . . . " thuirt e gu sgagach. "Seadh, tha mi minigeadh . . . chì mi muinntir a' bhail' againn a' tighinn nam aghaidh, geimhleag aig a h-uile duine. Mar a chì thu anns na seann fhilmichean mu dheidhinn Dracula."

"Bi sunndach, 'ille," thuirt Calum, 's e ag èirigh a dh'fhaighinn deoch eile. "Faiceamaid dè a thachras air a' bhanais cola-deug o màireach an toiseach. Lights! Camera! Action!" Thòisich e air seinn. "Pòsaidh tu gun teagamh i, tha gaol aic' ort . . ."

5

Aig dà uair feasgar ann an seòmar brèagha ann an togalach ann am Park Circus an Glaschu, bha deannan dhaoine, fireann agus boireann, nan suidhe gu comhartail air sèithrichean leathair. Bha iad a' bruidhinn gu socair ri chèile, feadhainn dhiubh ann an cainnt nan Ruiseanach, agus iad bho àm gu àm a' toirt sùil air an dithis annasach a bha nan seasamh 's an cùlaibh ris a' choitheanal.

An taca ri Tamara, a' bhan-Ruiseanach mhòr bhàn, air an robh briogais dhubh agus peitean geal a bha sealltainn ghuailnean leathann agus ghàirdeanan fèitheach, bha Daibhidh MacÌosaig, sia òirlich na bu lugha is fada na bu chaoile, mar ghille beag aois-sgoile.

Chaidh a h-uile duine balbh tostach nuair a dh'èirich bodach beag reamhar is sgall air gu chùl agus a choisich e le ceumannan critheanach gu nàdar de chùbaid, far an tug e aghaidh orra air fad. Bha e uidheamaichte le deise bheag shaor a bha fada ro theann dha, agus Bìoball. Theann e ris a' ghairm-pòsaidh. Mu dheireadh, thuirt e, "And by the powers invested in me . . . I pronounce you, David, and you, Tamara, . . . husband and wife."

Bhrùchd sùilean a' ghille. Thàinig tuainealaich air. Chuir Tamara a gàirdean mu mheadhan agus thog Daibhidh làmh gun lùths airson a cumail air ais. Rinn e miathalaich lag agus thuit e le glag chun an làir. Leig boireannach sgread aiste.

Bhruidhinn am Fear-clàraidh beag reamhar: "You may now . . . well, pick your husband up off the floor."

"Give him air!" bha Calum a' glaodhaich. "Give him air!" Bha grèim teann aige air làimh Tanya, a' bhean ùr aige. Rinn iadsan pòsadh ro-làimh.

"Nyet," thuirt Tamara, 's i air a dà ghlùin a' feuchainn ri bann na lèine fhosgladh. "Wodka, wodka."

Bha daoine ag èigheach 's a' sgiamhail ann an Ruiseanais 's ann an cainnt muinntir Ghlaschu.

"Good thinking, Tamara," thuirt Calum. "I'll have a large one." Choimhead e timcheall. "Somebody give me a hand here? Any able-bodied volunteers to carry my friend over to the dressing room?"

"No need," thuirt Tamara ann an guth tùchanach. "I carry my hosband." Chuir i a gàirdean thro achlaisean an duin' aice agus le othail is srannartaich theann i ri shlaodadh tarsainn air an ùrlar fhiodha, sàiltean brògan Dhaibhidh a' dèanamh srann.

"Mhoire Mhàthair," thuirt Calum, 's e gan leantainn 's a bheul fosgailte, "nach i a dhèanadh an sgioba buain-mhònadh!"

Chualas snag nuair a chaidh doras an t-seòmair-sgeadachaidh a dhùnadh. Gu fann, air taobh a-staigh rùm na bainnse, bha fuaimean dhaoine ag èigheach agus a' gluasad mun cuairt ri chluinntinn.

"A Dhaibhidh," bha Calum a' sainnsireachd, "Dhaibhidh, dùisg, a dhuine."

Chrùb Tamara sìos agus thug i sglaisean do ghruaidhean Dhaibhidh.

Theann Daibhidh ri gearain mar gum biodh e a' tighinn thuige fhèin.

"Mmmmm – dè thachair?" thuirt e. "Cà bheil mi?" Bha dàil de dhà dhiog ann. "Aaaaaaaaargh! Aaaaaaaaaaargh!"

"Dè 'n Diabhal tha ceàrr ort?" thuirt Calum.

" Siud i, siud i – siùrsach an Diabhail!" dh'èigh Daibhidh, 's e a' toirt spochadh gu Tamara. "Cuir a-mach i – a-mach i! B' fheàrr leam an dengue fhèin a bhith orm seach a bhith coimhead air a h-aodann grànda. Faigh cuidhteas i, Chaluim. Tha mi guidhe riut."

"Air do shocair, 'ill' òig," thuirt Calum. "Ist, ist. Bidh thu taghta, Dhaibhidh."

"I go now," thuirt Tamara. "Sign documents."

Cha robh ri chluinntinn ach fuaim cnapan a sàiltean a' gluasad air falbh.

"An turas mu dheireadh a chunnaic mi tòn mar sin," thuirt Calum, 's e coimhead às a dèidh, " 's ann bho chùl na cairte aig Seumas Phàdraig a bha mi 's Rosie an Clydesdale ga draghadh."

"Ach am faca tu an t-aodann a th' oirre idir?" thuirt Daibhidh. "Ìosa, chuireadh e an t-eagal air an dearg mhèirleach!"

" 'S e cho àrd 's cho tapaidh 's a tha i a chuireadh an t-eagal ormsa," thuirt Calum. "Nach i bhiodh math a' putadh na cloiche aig geamaichean a' Chinn a Deas air machair Àsgairnis?"

"Dia bhith timcheall orm," thuirt Daibhidh, "tha gaoisid air cùl nan làmhan aice."

"Coma leat an-dràsta dè cho ifhreannaichte 's a tha i coimhead," thuirt Calum. "'S i do bhean, agus feumaidh sinn a toirt – feumaidh sinn an dithis aca a thoirt dhachaigh a dh'Uibhist."

"Mar as luaithe 's ann as fheàrr," thuirt Daibhidh.

"Nist, 'ille," thuirt Calum, "feumaidh tu a dhol a-staigh dhan Registrar an ath doras agus t' ainm a chur ri na pàipearan a th' aige dhut."

"Cha tèid mo chas," thuirt Daibhidh. "Chan eil mi airson gun laigh mo shùil air a' . . . air an ùslaig ghrànd' ud gu bràth tuilleadh."

"Dà mhìle not, a Dhaibhidh," thuirt Calum.

Chaidh an doras fhosgladh, 's an uair sin chaidh a dhùnadh. Chualas fuaim nan cnapan àrd a' tighinn na bu dlùithe agus an uair sin a' stad buileach.

"Die-vee?" thuirt Tamara.

"Mmm, mmm, mmm," thuirt Daibhidh, is cnead guil na ghuth.

"Come," thuirt a' bhan-Ruiseanach, "with Tamara."

Leig Daibhidh osna is thuirt e, "Okay." Dh'èirich e le duilgheadas is lean e Tamara, Calum às an dèidh.

6

Air oidhche Haoine, 29 Dàmhair 2004, aig leth-uair an dèidh aon uair deug, sheall Mairead NicThòrcadail, an taic geata a bha a' dol suas gu taigh a h-athar ann an Greunatobht ann an Uibhist a Tuath, air solais Land Rover a bha a' sìor dhlùthachadh. Bha i deich bliadhna fichead a dh'aois, tè meadhanach àrd, 's bha ochd clachan de chuideam innte. Bha falt ruadh oirre air a ghearradh gu goirid. Os cionn briogais dhearg theann is brogan àrda dubha bha geansaidh tiugh geal oirre.

Stad an Land Rover.

"Tha an t-àm agad, a mhic an Tearaich," thuirt Mairead.

Dh'fhosgaileadh uinneag. "Mhairead?" thuirt an dràibhear. "Mairead NicThòrcadail?"

B' e seo MacAsgaill. Bha e goirid, mu chòig troighean gu leth, caol – cha robh ach naoi clachan ann. Bha e a' streap ri dà fhichead bliadhna dh'aois. Cha robh mòran air fhàgail dhen ghruaig dhuinn a bh' air, agus na bha ann dhith, bha i air fàs liath.

"Cò eile bhiodh ann mun àm seo dhen oidhche?" thuirt Mairead. "Shania Twain? 'S mise nighean a' Bhàillidh."

Dh'fhosgaileadh doras air an làimh chlì. "Leum a-steach dhan toiseach," thuirt MacAsgaill.

Chaidh Mairead dhan Land Rover is shuidh i ri thaobh. "Tha thu fadalach," thuirt Mairead. "Tha e gus 'ith faisg air meadhan-oidhche."

"Tha mi duilich, a Mhs NicThòrcadail," thuirt MacAsgaill. "Dh'fhalbh a' fòn dìreach mus do dh'fhàg mi an taigh."

"Tha sin taght'," thuirt Mairead. "Cha chuir mi prìs air m' ùine – an turas seo."

"Agus dè a' phrìs a tha thu a' cur air do thìde mar as trice?" thuirt MacAsgaill.

"Còig nota fichead san uair," thuirt Mairead.

"Bheil sin ceart?" thuirt MacAsgaill. "Còig nota fichead?"

"Sin a' phrìs," thuirt Mairead. "Fireannaich na bu ghràinde na thusa, dh'fheumadh iad trì fichead a phàigheadh." Sguir i a bhruidhinn airson dioga agus choimhead i air bus ri bus. "Chan eil mi ach a' tarraing asad."

"Tha thu . . . Right," thuirt MacAsgaill gu sgagach. "Bheil thu engaged? Pòsta?"

"Shìorraidh bheanaichte, chan eil," thuirt Mairead. "Dè mu do dheidhinn-sa? Pòsta? Clann?"

"Tha, gu mì-fhortanach," thuirt MacAsgaill. "Tha mi minigeadh . . . tha mi pòsta, ach cha d' fhuair Màiri clann riamh."

"Dè 'n aois a tha thu?" thuirt Mairead.

"Dà fhichead," thuirt MacAsgaill. " 'S tu fhèin?"

"Nas òige," thuirt Mairead.

"Uill," thuirt MacAsgaill, " 's mise Ailig MacAsgaill – rùnaire pearsanta an Tighearna Granville."

"Chan eil thu 'g ràdh, a laochain. Abair tiotal." thuirt Mairead, a' leigeil oirre gu robh an naidheachd air drùidheadh oirre. " 'S mise Mairead, nighean Alasdair 'ic Dhòmhnaill."

"Tha rudeigin neònach . . ." thuirt MacAsgaill, "tha dol-air-adhart caran annasach a' gabhail àite anns an t-Sruth Mhòr."

"Chuala mi sin," thuirt Mairead. "Ostraitsean is boireannaich Ruiseanach – rudeigin mar sin, nach e?"

"Uill," thuirt MacAsgaill, " 's e na boireannaich . . . mar a tha iad gan giùlain fhèin, bheil fhios agad? 'S iad as motha a tha dèanamh dragh dha fhèin."

Thuirt Mairead, "Tha na h-igheanan a' ruith – dè mar a chuireas mi e? 'S e droch chlann-nighean a tha ag obair san taigh tha seo – bheil mi ceart?"

"Tha thu ceart," thuirt MacAsgaill. "Agus 's iad a tha shuas gu . . . tha iad shuas gu an ugannan ann an obair. Cho luath 's a thig an dorchadas tha càraichean is busaichean làn bhalach is fhireannach a' falbh 's a' tighinn gun sgur.

"Bheil seo a' tachairt a h-uile h-oidhche?" thuirt Mairead

"Uill," thuirt MacAsgaill, "bha e a' tachairt a-raoir nuair a bha mis' ann."

"Dè bha thusa a' dèanamh ann?" thuirt Mairead.

"O," thuirt MacAsgaill, "tha fhios agad, eadar a h-uile càil a bh' ann, bha e fhèin air nuadal – mar a chanas sib' fhèin an Uibhist – a chluinntinn gu robh a leithid a' tachairt. Dh'inns e dhomh gu robh e iomagaineach, agus, seadh, chaidh mi fhèin ann."

"An do chòrd e riut?" thuirt Mairead.

"Chò . . . uill, cha do chòrd," thuirt MacAsgaill. "Tha an t-àite ro bheag. Bha e làn Leòdhasach. Agus cha do dh'fhàg iad deur againne. Dh'òl iad a h-uile càil."

"Ach," thuirt Mairead, "cha b' e deoch làidir a bha gad tharraing chun an àite."

"Uill," thuirt MacAsgaill, "bha bhidiothan agus CDs aca gan cluich."

"Dè chunnaic thu?" thuirt Mairead.

"Bha e caran èibhinn, a dh'innse na fìrinn," thuirt MacAsgaill. "Bha iad supposed film a shealltainn dhuinn le boireannach Sasannach. *Mary Poppins*?"

"Tha teagamh agam," thuirt Mairead, "an e *Mary Poppins* a chunna sibh."

"Feumaidh gur e cuideigin eile a bh' ann a-rèist," thuirt MacAsgaill. "Mar a tha mi ag ràdh, chan eil cuimhn' a'm air a h-ainm. Titanic? *Launching the Titanic*?"

"Titanic Toni?" thuirt Mairead.

"Chan eil fhios a'm," thuirt MacAsgaill. "Ge b' e air brith cò an tè a bh' ann, chan fhaca mise mòran dhith. Bha na Sgitheanaich nan seasamh ag èigheach agus bha na Leòdhasaich a' seinn còmhla ris an fhear air an CD."

"Cò an seinneadair?" thuirt Mairead.

"Murdani Mast," thuirt MacAsgaill.

"Aidh, aidh," thuirt Mairead. "Dè thachair an uair sin?"

"Thàinig Tanya is Tamara a-mach," thuirt MacAsgaill, "agus thug iad dhuinn . . . umh, 'show'."

"Dè tha sa 'show', a Mhaighstir MhicAsgaill?" thuirt Mairead.

"Thighearna!" thuirt MacAsgaill. "Tha fhios agad, 's e show a bh' ann is dithis bhoireannach còmhla ri chèile."

"Chan eil fhios agam," thuirt Mairead. "Innis dhomh cò ris a bha e coltach. An e rudeigin a tha mi ag ionndrainn?"

"Uill," thuirt MacAsgaill, "bha Murchadh Daniel a' cur a sheanar às a' dalladh air an 'Anchor Bar', agus bha tuba mhòr aca air cuibhlichean 's i làn puill. Leum na boireannaich a-steach innte agus theann iad ri carachd."

"Chan eil iad ach a' carachd?" thuirt Mairead. "Pàighidh fireannaich airgead airson sin fhaicinn?"

"A Mhs NicThòrcadail," thuirt MacAsgaill, "cha robh stiall aodaich orra."

"Okay," thuirt Mairead. "Neist tha mi air do phort a thogail. Tha na boireannaich dearg rùisgte."

"Chan fhaca mi fhèin mòran," thuirt MacAsgaill. "Bha mi nam shuidhe anns a' chùl, faisg air an doras, bheil fhios agad? Bha iad rùisgte. Chunna mi sin."

"'S fheàrr dhut an aire a thoirt," thuirt Mairead. "Oidhche bhrèagha air choreigin gabhaidh mise smùid agus bheir mi gliong do Mhàiri 's innsidh mi dhi nach eil thu a' gluasad à Dacha Mo Ghaoil anns an t-Sruth Mhòr."

"'S e rannsachadh a bha mi a' dèanamh," thuirt MacAsgaill. "Uill, dè an ath cheum? Dè tha thu smaoineachadh?"

"Chan aithne dhomh gu leòr mun ghnothach fhathast," thuirt Mairead, "airson a bhith smaoineachadh air."

"Tha ceangal air choreigin," thuirt MacAsgaill, "eadar iad fhèin 's fireannaich às Uibhist."

"Chì sinn," thuirt Mairead. "An toiseach, tha mi dol a bhruidhinn ris an neach aig a bheil a' chruit – Ciorstaidh Aonghais 'ic Ailein. Tha i ann an Trianaid an-dràsta. Bheir mi Sìne, piuthar mo sheanar, còmhla rium, 's thèid sinn a choimhead air Ciorstaidh a-màireach."

Dh'fhosgail Mairead doras an Land Rover, leum i a-mach agus dhùin i e le brag.

Chuir MacAsgaill an t-einnsean ri dhol. Dh'fhosgail e an uinneag air a làimh cheàrr. "A Mhairead?" thuirt e.

"Dè?" thuirt Mairead.

"Bheil thu coma," thuirt MacAsgaill, "ma chanas mi rudeigin riut?"

"Siuthad," thuirt Mairead.

"Chan e a-mhàin gu bheil thu brèagha," thuirt MacAsgaill, "ach tha deagh bharail agad ort fhèin cuideachd."

"Tha fhios a'm," thuirt Mairead. "Agus tha mi coma ged a chanas tu e."

7

Ann an Càirinis, an Uibhist a Tuath, tha àite-còmhnaidh do bhodaich 's do chailleachan air a bheil Trianaid mar ainm. Air madainn Disathairne bha Mairead agus Sìne, cailleach chrùbach is bata na làimh agus tuilleadh 's a' chòir de rìomhadh air a h-aodann, a' bruidhinn ri banaltram.

"An ann a-staigh anns an lounge a tha i?" thuirt Mairead. "O, tha mi ga faicinn. Tapadh leat."

"'S e ur beatha," thuirt a' bhanaltram. Thionndaidh i air a sàil agus choisich i air falbh.

"Thugainnibh, a Shìne," thuirt Mairead, "'s gun can sibh hello ri Ciorstaidh."

"Chan eil mòran agam mu dheidhinn an àite seo," thuirt Sìne. "'S cha toigh leam Ciorstaidh nas mò."

"Chan fhan sinn fad' ann," thuirt Mairead.

"Tha sin math," thuirt Sìne, agus nuair a ràinig i taobh na caillich a bha na cnap ann an sèithear, leig i glaodh aiste:

"Chiorstaidh! 'S mi tha toilichte d' fhaicinn. Ciamar a tha thu, a luaidh mo chridhe?"

"Tha mi an uchd a' bhàis," thuirt Ciorstaidh. "Cò th' agam an seo co-dhiù?"

"Sìne Thormoid Bhig às na Ceallan," thuirt Mairead. "Bha sibh nur nàbaidhean uair dhen robh saoghal."

"Na Ceallan?" thuirt Ciorstaidh. "Chaithinn smugaid na b' fhaide na sin. 'S cò thusa?"

"Nighean Alasdair 'ic Dhòmhnaill," thuirt Mairead.

"Am Bàillidh," thuirt Sìne.

"Chan aithnich mi e," thuirt Ciorstaidh.

"Tha fhios gun aithnich," thuirt Sìne. " 'S ann dha a bheir thu màl na cruite a h-uile bliadhna."

"Chan eil mise a' pàigheadh sgillinn a-nis," thuirt Ciorstaidh.

"Ciamar?" thuirt Mairead.

" 'Chan fhaighear fuil às fàd mònadh'," thuirt Ciorstaidh. "Sin a thuirt an gille Deasach a bh' agam ri ràdh nan iarradh iad airgead orm."

" 'S e fàd mònadh a tha sa ghille à Deas?" thuirt Sìne. "Cò thug sin air?"

"Coma leibh dhen mhòine, an dithis agaibh," thuirt Mairead. "Cò am fear tha seo às a' Cheann a Deas a tha toirt comhairle dhuibh, a Chiorstaidh?"

"Cha do dh'èigh mis' ach Tiny air riamh," thuirt Ciorstaidh. " 'S e MacCormaig an cinneadh a th' aige, tha mi smaointinn."

"MacCormaig?" thuirt Sìne. " 'S e ainm gu math neònach tha sin."

"Neist, a Shìne," thuirt Mairead, "nach leig sibh leam bruidhinn ri Ciorstaidh?"

"Cha leig Miss Macdonald no Miss Maclean leat bruidhinn san sgoil idir," thuirt Ciorstaidh.

"Huh?" thuirt Mairead.

"Tha fhios a'm," thuirt Sìne. "Nuair a bha mise dol a Sgoil Chàirinis 's e cabag eagalach a bh' annam agus chuir Miss Maclean mi nam shuidhe eadar dithis bhràithrean à Cladach a' Bhaile Shear . . . Camshronaich a bh' annta, mas math mo chuimhne . . . Agus cha robh mise ach a' sìor choimhead orra le uabhas 's a' gabhail iongnaidh nach robh iadsan a' bruidhinn idir . . ."

"Nach beag an t-atharrachadh a thàinig oirbh, a Shìne," thuirt Mairead. "Neist, dùinibh ur beul mionaid gu faigh mi a-mach mu Tiny."

"O, 's e tha laghach," thuirt Ciorstaidh. "Thàinig e a dh'iarraidh an autogram agam as t-earrach, agus tha mi coma ged as ann de mhuinntir a' Phàp a tha e – air m' onair, sheall e barrachd coibhneis is bàidh dhòmhsa na . . ."

"Tha feadhainn dhiubh math gu leòr gun teagamh," thuirt Sìne. "Tha cuimhn' a'm air fear à Èirisgeigh a b' aithne dhomh mun do phòs mi – Iagan an t-ainm a bh' air, 's ann aig muir a bha e. Shìorraidh, 's e bha brèagha . . . falt dorcha is sùilean donna. 'S nuair a dhèanadh e gàire bha e cho diùid dheth fhèin ri balach òg . . . beilleagan dearga timcheall air fiaclan mòra geala . . . agus a theanga cho tiugh 's cho fliuch nuair a dh'imlicheadh e a bheul . . ."

"Tha fhios againn uile, a Shìne," thuirt Mairead, "gun deach sibh thro na fireannaich mar . . . mar . . . mar lawnmower. Nist, leigibh le Ciorstaidh innse dhuinn mun Deasach."

"Ma tha thu dol a phòsadh, a nighean," thuirt Ciorstaidh,

"dèan cinnteach gun tagh thu fear a bhios car grànda. An fheadhainn a tha meadhanach brèagha, tha iad a' smaoineachadh gur e fìon a tha sa mhùn aca."

"Mo nàir' oirbh!" thuirt Mairead. "Sguiribh a bhruidhinn air fireannaich. Cha do rugadh am fear ceart fhathast."

"Tha Tiny agamsa na dhuine ceart, ge-tà," thuirt Ciorstaidh.

"Carson a bha e ag iarraidh an auto' – umh, autograph agaibh – a Chiorstaidh?" thuirt Mairead.

"Bha e airson dearbhadh a bhith aige," thuirt Sìne, "gun deach i dhan sgoil, tha mi creidsinn – gun do dh'ionnsaich Miss Maclean dhi mar a sgrìobhadh i, nuair a bha i a' dol a Sgoil Chàirinis."

Dh'fhosgail Mairead a màileid-làimhe agus theann i ri rùrach air feadh na bha na broinn.

"Carson a tha thu a' rùrach sa bhag' agad, a nighean?" thuirt Ciorstaidh. "'N ann a' coimhead airson leabhar nan autograms a tha thu?"

"Paracetemol," thuirt Mairead. "À, seo iad." Thug i mullach a' bhogsa-stòraidh dheth le brag agus cha robh i ach ag othail 's a' plosgadh mar a bha i a' feuchainn ri feadhainn dhe na pileachan a shluigeadh.

"Uill," thuirt Ciorstaidh, "a bheil an dithis agaibhse dol a shuidhe an seo fad an latha mar gum biodh sibh nur buill air diùraidh ann an cùirt Loch nam Madadh? Sin e. Tarraingibh a-mach às mo shealladh. Cha chuir mise m' ainm ri pàipear do dhuine sam bith ach do Dhonnchadh. 'S fheàrr dhuibh falbh mun till Miss Macdonald."

"Thugainnibh, a Shìne," thuirt Mairead. "Chan eil fhios agam fo thalamh gu dè bu chiall dhi."

"Sin thu, a Chiorstaidh, a ghalghad," thuirt Sìne, agus thug i pòg làidir, fhliuch do Chiorstaidh. "Is duilich leam a bhith gad fhàgail, tha an sgaradh cho fìor ghoirt . . ." Thòisich i air caoineadh. "Tha mi, tha mi fo leann-dubh . . ."

"Fòghnaidh na dh'fhòghnas, a Shìne," thuirt Mairead. "Tha sibh gam fhàgail frionasach."

"An e rud ùr a tha sin?" thuirt Sìne.

"Sguiribh a dhol far a chèile," thuirt Ciorstaidh. "Cha toigh le Miss Maclean trod san sgoil."

"Bidh sinn gur faicinn, a Chiorstaidh," thuirt Mairead. "Canaidh mi ri Donnchadh gu robh sibh ga fhaighneachd nuair a chì mi e." Bhruidhinn i ann an guth ciùin. " 'S gu dearbha fhèin cha chreid ni nach bi mi a' tadhal airsan an ùine nach bi fada."

Dhealaich iad, agus ann am mionaid bha Mairead agus Sìne a-muigh.

"Bheil fhios agad air a seo, a Mhairead?" thuirt Sìne. "Chòrd mo thuras rium glè mhath."

"Uill," thuirt Mairead, "cha do chòrd e riumsa."

"Chan eil an t-àit' ud dona idir," thuirt Sìne. "Nan robh mis' air cantail riut bho chionn deich bliadhna, 'Hoigh, dè mar a chòrdadh riut, a nighean, sgrìob a ghabhail a Chàirinis a bhruidhinn ri na seann daoine ann an Trianaid?', bha thu air smaoineachadh gu robh mi gun toinisg. Tha là eile ann a-nis, dè?"

"Chan eil, a Shìne," thuirt Mairead, "chan eil là eile ann. Bha mise riamh a' smaoineachadh gu robh thu gun toinisg. Is tha fhathast."

8

Tha seann chuaraidh letheach slighe eadar Dalabrog is Fròbost ann an Uibhist a Deas. Anns an dorchadas, stiùir Donnchadh MacCormaig an Lexus gu cùramach a-steach, solais a' chàir air an cur an-àird. Stad e ri taobh carabhan a bha air a pheantadh buidhe. Bha cùrtairean air na h-uinneagan. Chunnaic e leus air an cùlaibh.

Chuir Donnchadh dheth na solais agus an t-einnsean. Choisich e gu cuagach gu doras a' charabhan agus ghnog e ceithir tursan. Bho oir a shùla mhothaich e do mhotair-rothair na sheasamh aig ceann na fàrdaich.

Dh'fhosgail Daibhidh an doras agus rinn e gàire. "A Dhonnchaidh, a charaid," thuirt e, "nach tig thu staigh?" Lean Donnchadh e agus fhuair e e fhèin ann an seòmar beag, seasgair, blàth.

Dh'fhosgail Daibhidh dà chanastair leanna is thug e fear do Dhonnchadh.

"Slàinte, a Dhaibhidh," thuirt Donnchadh. "'S fìor thoigh leam an taigh . . . an, umh, Camper a th' agad an seo . . ."

"Modified Winnebago," thuirt Daibhidh. "'S e Modified Winnebago a chanas tu ris a' charbad a tha seo. Tha e agam air màl."

"Gabh mo leisgeul," thuirt Donnchadh. "Tha e snog. 'S tha thu fhèin a' coimhead nas fheàrr cuideachd. 'S toigh leam a' bhriogais ghlogach agus an lèine-spòrs a th' ort cuideachd. CK?"

"Calvin Klein," thuirt Daibhidh, is pròis na ghuth.

"Aodach nan truaghan bochda," thuirt Donnchadh. "Tha fèill mhòr air an stuth a tha sin . . . anns an South Bronx agus . . . ann am Possilpark. Tha mi faicinn gun d' fhuair thu motair cuideachd."

"Suzuki Bandit," thuirt Daibhidh. "Còig cheud gu leth aig ceàrd an Inbhir Nis. Tha e dol math, ge-tà."

"Tha gnothaichean a' dol rud beag nas fheàrr," thuirt Donnchadh.

"Tha gnothaichean tòrr mòr nas fheàrr," thuirt Daibhidh. "Bha mi muigh a-raoir, mi fhìn 's an nighean a bha seo, agus bha àit' agam dhan rachainn agus bha cuibhlichean agam leis an toirinn dhan àit' i. Tha e dìreach sgoinneil."

"Tha thu gu math sunndach dhìot fhèin," thuirt Donnchadh, "'s tha sin math."

"Tha gu dearbha fhèin," thuirt Daibhidh.

"Chan eil thu a'coimhead mar gum biodh cuideigin às dèidh an cuilean agad a mharbhadh le tractar," thuirt Donnchadh. "Cò leis a tha an carabhan seo?"

"Cò aige tha brath?" thuirt Daibhidh. "Le tidsear ann an Glaschu no àiteigin. Dh'fhàgadh pìos fearainn aige – chì thu tobhta a-muigh an sin 's an latha geal ann – nuair a bhàsaich bràthair a sheanar, 's cha tig e dhachaigh gus an leig e dheth a dhreuchd, agus thuige sin, tha mise nam sub-tenant. Tha iad coma, muinntir a' Choimisein."

"Tha iad gu math luideach gun teagamh," thuirt Donnchadh. "Bheirinn fhìn fianais air a sin."

"Tha sin ceart," thuirt Daibhidh. "Bha mi riamh a' gabhail iongnaidh dè mar a fhuair thu a' chruit ud mu Thuath . . . far a bheil na h-igheanan Ruiseanach . . . far a bheil mo bhean . . . Tamara – nighean an Diabhail – a' toirt seachad aromatherapy, mas e sin a chanas tu ris."

"Na dèanadh e dragh sam bith dhut," thuirt Donnchadh. "Dè tha thu ris, a Dhaibhidh?"

"Uill," thuirt Daibhidh, "bha mi dol a bhruidhinn riut mu dheidhinn sin, nam b' e 's gun tigeadh tu nuas, bheil fhios agad?"

"Tha an taigh anns an t-Sruth Mhòr sgràthail fhèin trang," thuirt Donnchadh.

"Tha boireannach air choreigin . . . nighean a' Bhàillidh sa Cheann a Tuath . . . air a bhith gu math trang cuideachd, tha mi cluinntinn," thuirt Daibhidh.

"Tha ise dèanamh aromatherapy cuideachd?" thuirt Donnchadh.

"Chan eil," thuirt Daibhidh. "'S e tè-lagha a th' innte ann an Dùn Èideann. Ach chan eil a h-athair a' cumail gu math, tha e coltach, 's mar sin tha i na tacsa dha màthair aig an taigh. Tha i air a bhith tadhal air cailleach air choreigin ann an Trianaid gu math tric, ga ceasnachadh 's a' cur sìos a h-uile facal a chanas i."

"'S dòcha gu bheil i a' dèanamh documentary airson

telebhisean," thuirt Donnchadh. "Bheil fhios agad, fear dhe na prògraman damainte sin a tha sinn a' faighinn ro thric? 'Mo Shùil ad Dhèidh' no 'Lathaichean nach Till' – sgudal mar sin."

"Cha chreid mi gur e sin a tha i a' dèanamh," thuirt Daibhidh. "Chan e bana-choigreach a th' innte. Tha pailteas Gàidhlig aice."

Rinn Donnchadh lachan gàire. "An cuala tu mun phrògram a tha iad a' cur a-mach anns a' gheamhradh?" thuirt e. " 'Thèid Sinn Air Ais'? Bidh e a' tòiseachadh aig dà uair sa mhadainn, 's bidh e ullamh aig leth-uair an dèidh uair."

"Tha mi dìreach ag innse dhut na tha mi air a chluinntinn," thuirt Daibhidh. "Chan eil còir againn a bhith iomagaineach mu dheidhinn na tè seo, a bheil?"

"Chan eil, a leabhra," thuirt Donnchadh. "An aon rud a tha dèanamh dragh dhòmhsa, 's e na companaidhean mòra a tha às mo dhèidh."

"Cò na companaidhean?" thuirt Daibhidh.

"MasterCard, Visa, American Express," thuirt Donnchadh.

"O . . . tha mi tuigsinn," thuirt Daibhidh. "Seo na fiachan a bh' ort, an e?"

"Tud, 's fhad' on a phàigh mi iad sin," thuirt Donnchadh. "Tha caothach tioram orra gus airgead air dhàil a thoirt dhomh."

"Nach buidhe dhut!" thuirt Daibhidh. "Seo an rud a bha mi airson bruidhinn riut mu dheidhinn nan tigeadh tu nuas, bheil fhios agad?"

"Dè an rud?" thuirt Donnchadh.

"Bha mi smaoineachadh," thuirt Daibhidh: "bheil sìon eile fa-near dhut?"

"Ìosa, Dhaibhidh, chan eil fhios a'm," thuirt Donnchadh. "Tha thu deònach pòsadh a-rithist, a bheil? Nach ann annad a tha 'n rùda!"

"Chan eil mi fhìn 's an ùslaig mhòr ghrànda pòst' ann," thuirt Daibhidh. "Bha mi smaoineachadh: 's e b' adhbhar gun deach a h-uile sìon cho siùbhlach rèidh an turas mu dheireadh gu bheil thu fhèin sgràthail fhèin math gu cur ghnothaichean air dòigh."

"Tha rudeigin air a bhith ag at air chùl m' inntinn gun teagamh," thuirt Donnchadh.

"Tha mise deiseil airson rud sam bith," thuirt Daibhidh.

"Bheil thu math air a bhith ag atharrais air daoine?" thuirt Donnchadh. "Uill, gu sònraichte air boireannaich?"

"Bheil fhios agad air a seo, a Dhonnchaidh?" thuirt Daibhidh. "Latha geal air choreigin bristidh mise do ghiall."

"Gabh orra shocair, 'ille," thuirt Donnchadh. "Cha ruigeadh tu leas a bhith air do phònaigeadh mar bhoireannach . . . ged a bhiodh e na chuideachadh nam biodh tu fo làn-uidheam . . . 'S e tha dhìth orm ach cuideigin a bhruidhneas mar gum biodh boireannach."

Bhruidhinn Daibhidh ann an guth beag, bìogach: "Bheil thu 'g iarraidh orm bruidhinn mar seo?"

"Uill," thuirt Donnchadh, " 's dòcha le beagan cleachdaidh . . . shaoileadh amadan air choreigin gur ann boireann a bha thu. Shaoileadh – sin nam biodh e air deich bliadhna a chaitheamh ann a Hiort. Chan eil e gu diofar. Bhiodh tu air a' fòn co-dhiù."

"Tha mi gus a bhith a' bìogail air a' fòn?" thuirt Daibhidh. "Cò ris a bhios mi bruidhinn?"

"Tha daoine a' toirt cus urraim dhan òigridh anns an t-saoghal a th' ann," thuirt Donnchadh. "Bheil fhios agad cò na daoine nach eil diù againn dhaibh an-diugh?"

"Chan eil," thuirt Daibhidh.

"Bodaich," thuirt Donnchadh.

"Bodaich?" thuirt Daibhidh.

"Is toigh le na bodaich a bhith air am buaireadh le boireannaich fhathast," thuirt Donnchadh. "Ach chan eil an cothrom aca a-nis. Bu chòir dhuinn loidhnichean cracaireachd a bhith againn dha na bodaich."

"Agus ma dh'fhònas seann salchar suas is cop mu bheul," thuirt Daibhidh, is glug na ghuth, "bidh agam ri còmhradh a dhèanamh ris?"

"Bhiodh an dithis agaibh ann," thuirt Donnchadh. "Saoil an dèan Sealgair nam Fiadh guth boireannaich?"

"Cha do dh'fhaighneachd mi dha, a dh'innse na fìrinn," thuirt Daibhidh. "Cha b' e siud ceist a thàinig an-àird riamh eadarainn. Ach co-dhiù, tha Calum air falbh, e fhèin 's an gille Tuathach a bhios a' marbhadh nam fiadh còmhla ris. Nuair a gheibh e an t-airgead às a' Ghearmailt tha e dol a cheannach . . . stuth ann an Amsterdam."

"Nì e fortan às a sin," thuirt Donnchadh.

"'S dòcha gun dèan," thuirt Daibhidh, "agus 's dòcha gum beir iad air cho luath 's a thòisicheas e ga reic anns na taighean-òsta timcheall air Uibhist. Bidh barrachd dhaoine a' coimhead air na bhios air Trevor McDonald. 'S e ciùird glè chunnartach a tha siud. B' fheàrr leamsa a' fòn fhathast. Chan e drabastachd a bhios agam, an e?"

"Chan e, chan e, a ghràidhein," thuirt Donnchadh. "Bidh sgriobt agad. Cha bhi agad ach a leughadh . . . ann an guth boireannaich."

"Tha sin furasta gu leòr dhutsa a ràdh," thuirt Daibhidh.

"Dè, ged a bhios sgriobt agamsa, ma bhios sgriobt eile aig a' bhodach?"

"Feumaidh tu an car a thoirt asta," thuirt Donnchadh. "Fhad 's a tha sibh a' bruidhinn, cuiridh tu conn fo gach facal. Mar shamhla, bidh am bodach a' bruidhinn gu fann 's crith na ghuth. Mar seo: 'Cò th' agam an seo? 'N e *Còmhradh gun Chrìochan* a tha seo?'" Ghleus Donnchadh a ghuth na b' àirde. "''S e, ghràidhein,' canaidh am boireannach." Rinn e guth a' bhodaich a-rithist. "'Uill, tha mise nam chnap an seo air mullach an teine, 's chan eil duine beò a bhruidhneas rium.'" Rinn Donnchadh guth a' bhoireannaich. "'Bheil sibh airson gun tig mi air chèilidh oirbh? Beiridh mi air ur làimh' Thèid am bodach na bhoil. 'O, Thighearna! Tha!'"

Thòisich Donnchadh air bruidhinn mar bhoireannach a-rithist. "'An uair sin, beiridh mi air a' gheansaidh agaibh agus cuiridh mi e timcheall air bhur guailnean los nach fairich sibh sradag gaoithe.' Bidh am bodach air a thogail gu mòr. 'O, Thighearna! Siuthad, siuthad.'" Bhruidhinn Donnchadh mar bhoireannach: "'Agus an uair sin, tha mi dol a bhruidhinn ribh mu dheidhinn a' Chogaidh Mhòir, iasgach na muice-mara ann an South Georgia agus mar a chaidh am *Poilidh* air na sgeirean am Fuidheigh.' Aig an ìre seo bidh am bodach a' dol thar a chinn. 'Dia glèidh mi! Cùm ort, cùm ort. Na stad idir.'" Bhruidhinn Donnchadh gu nàdarra: "'S e airgead air shaor-chosnadh a bhios ann dhut, a Dhaibhidh."

"'S ann a tha seo a' sìor chòrdadh rium, Dhonnchaidh," thuirt Daibhidh.

"Cuimhnich, chan fhaigh thu an t-airgead na chnap slàn an turas seo," thuirt Donnchadh. "Bidh thu air do phàigheadh a rèir nan uairean a bhios tu 'g obair, bheil thu tuigsinn?"

"Fhad 's a bhios sgillinn robach no dhà a' tighinn a-staigh gu cunbhalach," thuirt Daibhidh. "Tha e èibhinn, rud mar seo. Dìreach mar an rud mu dheireadh a rinn sinn, tuigidh tu sa bhad gun tèid e gu math leat. Bha deagh fhaireachdainn agam mu dheidhinn 'Dacha Mo Ghaoil' agus tha deagh fhaireachdainn agam mu dheidhinn seo."

9

"Gill-fhonaidh a th' ann," thuirt Mairead. "Neo-ar-thaing nach eil e carach, ach 's e gill-fhonaidh a th' ann." Bha i fhèin is MacAsgaill nan suidhe anns an Land Rover air oidhche fhiadhaich, fhliuch air taobh a-muigh na h-eaglais ann an Clachan na Lùib an Uibhist a Tuath.

"Tha mi fhìn seòlta aig amannan," thuirt MacAsgaill. "Chan urrainn dhut a bhith onarach ri daoine fad an t-siubhail."

"O, tha fhios a'm, a Mhaighstir MhicAsgaill," thuirt Mairead. " 'S bidh fhios aig Màiri do bhean air a sin mura cùm thu do làmhan air a' chuibhill."

"Tha mo làmhan air a' chuibhill," thuirt MacAsgaill.

"Fuiricheadh iad oirre," thuirt Mairead. "Sin thu, laochain. Tha thu 'g ionnsachadh. Neist, Tiny – cha bhi esan ag ionnsachadh ann. Ged a bhiodh do theanga a' tanachadh ag innse dha carson nach eil còir aige rudeigin a dhèanamh, chan èist e ri duine a chunnaic e riamh, agus 's ann a thèid e air adhart agus nì e an dearbh rud."

"Uill," thuirt MacAsgaill, "cha bhi sinn uile a' cumail ris an t-slighe dhìrich fad an t-siubhail, bheil fhios agad?"

"Bidh mise," thuirt Mairead. "Agus bidh thusa, fhad 's a tha thu còmhla riumsa. Ach Donnchadh MacCormaig, chan ann mar sin a tha e. Nì e slaightearachd air choreigin agus gheibh daoine a-mach mu dheidhinn. An àite a bhith air a nàrachadh, tha e 's de dh'aghaidh air 's gum feuch e ri cleas ùr a chluich làrna-mhàireach. Daoin' eile, an dèidh dhaibh a bhith ri miastadh, ghabhadh iad tàmh greis gus am biodh gnothaichean air sìoladh sìos rud beag. An aithne dhut an t-Èildear?"

"Chan aithne," thuirt MacAsgaill. "Cha chreid mi gun cuala mi riamh mu chuideigin air an robh an t-Èildear mar ainm."

"Tha an t-Èildear na dheagh dhuine," thuirt Mairead. "Cuideigin as aithne dhomh. Duine còir gasta à Leòdhas a th' ann. Bidh e 'g obair dhòmhsa an-dràsta 's a-rithist an uair a bhios feum agam air cuideigin a tha coimhead fiadhaich, borb. Can gun do chuir mi a-mach cunntas agus tha an gaisgeach a' diùltadh mo phàigheadh, 'eil thu tuigsinn?"

"Tha eagal orm gu bheil," thuirt MacAsgaill.

"Uill, gheibh a bhean fòn bhon Èildear aig an taigh," thuirt Mairead. "Cuiridh an t-Èildear eagal a beatha oirre. Saoilidh tu nuair a bhios e bruidhinn gu bheil droch thùchadh air. 'Cà bheil e fhèin? Dh'fheuch mi an oifis – cha robh e staigh. An aon rud aig an taigh. Tha e fuireach ann an teant – an e sin e? Iarr air fòn a chur thugam,' canaidh e. An còmhnaidh, cuiridh iad fòn thuige. An dèidh dhaibh bruidhinn ris an Èildear, tuigidh iad gum feum iad mo phàigheadh. Bheir e greis, ach beag air bheag thig iad chun a' bheachd nach eil àrach air, agus gheibh mise seic."

"Tha thu airson an t-Èildear a tha seo a chur air fhastadh, a bheil?" thuirt MacAsgaill.

"Math dh'fhaodte," thuirt Mairead. "A bharrachd air Tiny, tha dithis eile ceangailte ris a' ghnothach. Tha fear òg às Baghasdal a tha na sgalag aig Donnchadh MacCormaig 's a bha còmhla ris an Èirinn air sploidhd bho chionn greis. Tha mi meadhanach cinnteach às an fhear sin. Am fear eile, chan eil mi cho cinnteach mu dheidhinn. Chan eil sgeul air an-dràsta. Ach 's e fear de Chlann Dòmhnaill a th' ann."

"Sin am fear a phòs tè dhe na h-igheanan Ruiseanach?" thuirt MacAsgaill.

"Tha mnathan Ruiseanach aig an dithis aca," thuirt Mairead. "A' chiad fhear – Daibhidh a th' air – tha esan pòst' aig Tamara, an tè mhòr chnàmhalach, ach tha eagal orm nach bi e a' dol na còir ro thric an dèidh na thachair aig an Registry."

"Dè thachair?" thuirt MacAsgaill.

"Tubaist air choreigin," thuirt Mairead. "Na bi faighneachd. Chlisg e. 'S beag an t-iongnadh. 'S aithne dhan tè ud cuinnseachan – nam biodh Màiri agadsa eòlach orra, rachadh i sìos dhan phoilis-stèisean agus dh' iarradh i orra a cur an grèim."

"Hmmm," thuirt MacAsgaill. "Tha cùisean air a dhol a Thaigh Iain Ghròt. Chan eil e fhèin air a dhòigh idir."

"Creididh mi sin," thuirt Mairead.

"Mar a tha fios agad," thuirt MacAsgaill, "tha Ealasaid a' Bhanrigh – bha i fhèin is Bodach Granville sna h-oghaichean – a' tighinn a Bhàlaigh air an ath mhìos, 's tha e coltach nach leig i le Philip tighinn còmhla rithe ann. 'Nach e na daoine ann an Uibhist a tha air a dhol bhuaithe gu mòr!' thuirt i ri Lord Granville air a' fòn a' bhòn-raoir. Tha a' chùis air tighinn teann-ri-teann."

"'S fheudar gu bheil," thuirt Mairead. "Mas e an Teaghlach

Rìoghail a tha ga ràdh. 'S iad an fheadhainn a tha eòlach air teann-ri-teann."

"Chan ann ri fealla-dhà a tha mi," thuirt MacAsgaill.

"Shìorraidh, chan ann gu dearbh," thuirt Mairead.

"Feumaidh sinn faighinn cuidhteas a' chlann-nighean," thuirt MacAsgaill.

"Gabhaidh sin a dhèanamh," thuirt Mairead.

"Dè mu dheidhinn Tiny?" thuirt MacAsgaill. "'S e as miosa dhiubh air fad nam bharail-sa."

"Chan eil thu fada ceàrr," thuirt Mairead. "An taca ri Donnchadh MacCormaig, cha robh ann an Rob Ruadh MacGriogair ach balach beag casruisgte. Smaoinich, ghabh e brath air Ciorstaidh bhochd. Ach cha tèid sinn na aghaidh fhathast. Fuirich gus am faigh sinn cuidhteas na h-igheanan. Bidh e nas fhasa às dèidh sin. Ach nì sinn e gun teagamh."

"Dè mar a tha thu dol ga dhèanamh?" thuirt MacAsgaill.

"'S dòcha gum feum mi gliong a thoirt a Steòrnabhagh," thuirt Mairead. "Cuiridh mi fòn gu mo charaid, an t-Èildear."

"Chan eil Lord Granville airson gum bi cogadh ann air sàillibh seo," thuirt MacAsgaill.

"Tha mi cinnteach," thuirt Mairead. "Thalla thusa, a Mhaighstir MhicAsgaill, is bruidhinn ris. Can ris gum feum sinn na Ruiseanaich – agus na h-ostraitsean – a sgiùrsadh a-mach à Uibhist a Tuath. Aontaichidh e leat."

"Mar sin, fàgaidh sinn na balaich an-dràsta?" thuirt MacAsgaill.

"Biomaid a' smaoineachadh air na h-igheanan an-dràsta," thuirt Mairead. "Nì an t-Èildear an gnothach orra. 'S fhada bhon a thòisich e air an obair a tha seo. 'S e fear dhen fheadhainn as fheàrr a th' ann."

"Ach thèid agad air a h-uile càil a tha seo a dhèanamh, ge-tà?" thuirt MacAsgaill.

"Ma tha luach ciatach ceangailte ris an obair," thuirt Mairead, "thèid aig duine sam bith air rud sam bith a dhèanamh." Sguir i a bhruidhinn airson tiota. "O, tha sin a' toirt nam chuimhne rudeigin."

"Dè tha sin?" thuirt MacAsgaill.

"Feumaidh mi iasad fhaighinn bhuat," thuirt Mairead.

"Dè tha thu ag iarraidh?" thuirt MacAsgaill.

"Èist," thuirt Mairead. "Tha mi fhìn 's tu fhèin a' fàs gu math eòlach air a chèile, nach eil?"

"Tha," thuirt MacAsgaill, 's plìonas air aodann.

"Thoir dhomh an Land Rover airson dhà no trì lathaichean," thuirt Mairead.

Thàinig sgraing air aodann an Tearaich. "Ach . . . ach . . ." thuirt e gu sgagach.

"Leum a-mach," thuirt Mairead.

Dh'fhosgail MacAsgaill a bheul mar gum biodh e a' dol a ràdh rudeigin, ach cha tàinig bìc no bèic às. Dh'fhosgail e an doras agus chaidh e mach. Theann e ri coiseachd air rathad Loch nam Madadh. Bha uisge trom ann agus stoirm gaoithe.

10

"Cia mheud siùcar a tha thu a' gabhail, a Chaluim?" thuirt Daibhidh. Bha Daibhidh trang anns a' chidsin a bha ri taobh doras a' charabhan aige air madainn fhionnar. Bha Mòrag Dhòmhnallach a' bruidhinn gu socair air rèidio air cunntair ri taobh an t-sinc. Bha Calum a' seinn ann am fras-ionnlaid a bha suidhichte ann an oisean aig a' cheann thall.

"A dhà gu leth," thuirt Calum, 's a ghuth mùchte le fuaim an uisge.

Chaidh an fhras a chur dheth. Dh'fhosgaileadh cùrtair.

"Tha do bhracaist air a' bhòrd," thuirt Daibhidh. "Cha chreid mi nach sgioblaich mi na ceasaichean agad." Chaidh e a-null gu meadhan an rùim, far an robh dùn de mhàileidean is de cheasaichean, agus theann e rin cruinneachadh ri chèile. Thuit baga nach robh air a dhùnadh gu ceart chun an làir le glag.

"O, Dia bhith timcheall orm!" thuirt Daibhidh is anail na uchd. "Cò às a thàinig na tha seo de pharsailean?" Thog e gu cabhagach ficheadan de phacaidean, leth-unnsa de chuideam anns gach fear, air am pasgadh ann am pàipear ruadh, agus dhinn e iad dhan bhaga.

Thàinig Calum na ruith far an robh Daibhidh agus dh' èigh e àird a chlaiginn, "Thàinig bho J.D. Williams, a ghloidhc ghrod tha thu ann!" Bhuail e ann an Daibhidh agus theann iad ri carachd air an làr. Nuair a fhuair e Daibhidh air a dhruim-dìreach 's a cheannsaich e am fear beag, bha an caothach na ghuth nuair a thuirt e ris, "An rud . . . nach buin dhut . . . na bean dha."

"Bha mi dìreach a' feuchainn ri do chuideachadh, a dhuine," thuirt Daibhidh.

"B' shuarach orm tamair a thoirt dhut," thuirt Calum, "a dh'fhàgadh tu air an làr gu sìorraidh."

Dh'èirich Calum agus shìn e a-mach a làmh. Rug e air gàirdean a' ghille agus chuir e air a chasan e.

"Carson a tha thu cho fiadhaich?" thuirt Daibhidh. "Tha fhios a'm taghta dè tha sna pacaidean. Chan eil ùidh fon ghrèin agam anns an stuth tha sin. Hoigh, a Chaluim?"

"Dè?" thuirt Calum.

"Nach cuir thu ort badan aodaich, a dhuine?" thuirt Daibhidh.

"Chan eil sìon agamsa a dh'fheumas mi fhalach," thuirt Calum, 's e a' gàireachdainn aig an t-seann sgeulachd. Chuir e air briogais gu cabhagach. "Umh, cò dh'inns dhut mu na bh' agam sa cheas?" thuirt e.

"Cha do dh'inns duine!" thuirt Daibhidh. "Bha sibh ann an Amsterdam!"

"Tha thu 'g innse bhreugan!" thuirt Calum. Rinn e an gàire beag, aithnichte air feadh an t-saoghail, an t-sliop aige a' sealltainn dìreach pàirt dhe na fiaclan. "Tha thu air a bhith bruidhinn ri Tomaidh," thuirt e. "Dè dh'inns e dhut?"

"Cha tuirt e facal riumsa," thuirt Daibhidh. "Chan aithnich mi an gille. Bugair de Thuathach a th' ann. Chan eil earbsa agamsa às na daoine tha sin. Cha bhi aca ach teanga leam is leat, agus tha iad cho beannaichte, mas fhìor."

"'S dòcha nach eil thu 'g innse bhreugan," thuirt Calum. "Chan eil fhios a'm. Tha mi cho sgìth ri seann chù an dèidh an turais ud."

"Dè mar a chaidh dhuibh?" thuirt Daibhidh.

"Bha e mar gum biodh òran math Gàidhlig," thuirt Calum. "Dh'fhalbh sinn air a' chiad aiseag madainn Dimàirt, 's bha sinn a' gabhail tarraing mu seach a' dràibheadh sìos gu Newcastle. Dh'fhan sinn air bòrd oidhche Mhàirt 's ràinig sinn an Òlaind anmoch Diciadain."

"Bheireadh an dràibheadh an diog asaibh," thuirt Daibhidh.

"Och," thuirt Calum, "cha b' e an dràibheadh a shàraich mi ach Tomaidh, 's e a' gabarsaich gun sgur mu choimpiutairean is gigabytes. Agus an samh."

"Tha samh às Tommy?" thuirt Daibhidh.

"Ged a bhiodh e cho pure ris a' phure nuair a dh'fhalbh sinn," thuirt Calum, "gu dearbha fhèin bha fàileadh dheth a leagadh a' mhuc mun do ràinig sinn Hamburg. An robh thu riamh glaiste ann a bhana Morris Minor is faisg air tonna de dh'fheòil a' sìor dhol a dholaidh anns a' chùl?"

"Cha robh," thuirt Daibhidh. "Ach tha mi air a bhith sa bhàr ann an Creag Ghoraidh mun deach sinn dhan bhàl am Bail' a' Mhanaich latha nan Geamaichean."

"Chan eil annad ach am buigleag," thuirt Calum. Ghabh e

balgam cofaidh. "Timcheall air Bremen bha an dìle bhàtht' ann," thuirt e. "Bha dùil a'm gum faca mi deàrrsach an Uibhist, ach, a Mhìcheil Ghil, bha sìde nan seachd sian ann. Cha b' urrainn dhuinn na h-uinneagan a chur sìos mun rachadh ar bàthadh, agus ma bha iad shuas bha sinn air thuar ar tachdadh. Bha e sgràthail."

"Ach choinnich sibh ris na Gearmailtich mu dheireadh thall?" thuirt Daibhidh.

"Choinnich, a leabhra," thuirt Calum. "Reic mi an t-sitheann air deagh phrìs agus . . ."

"Dè na fhuair thu oirre?" thuirt Daibhidh.

"Cùm do shròn às," thuirt Calum. "Fhuair mi gu leòr. Agus anns an airgead againn fhìn cuideachd."

"Dè 'n diofar a rinn sin?" thuirt Daibhidh.

"A Dhaibhidh, a Dhaibhidh," thuirt Calum, "dè tha mi dol a dhèanamh leat? An aithne dhut dad idir mu exchange rate? Dè an t-eòlas a th' agad air tomhas meatrach?"

"A dh'innse na fìrinn," thuirt Daibhidh, "chan aithnichinn cileagram bho chois mairt."

"Sin a shaoil mi," thuirt Calum. "Trobhad, bidh fiach an airgid againne a' dol sìos is suas. Nuair a tha an not àrd, canaidh sinn gu bheil e shuas. Nuair a bhios e ìseal an taca ris an deutschmark no ris a' ghuilder, canaidh sinn gu bheil e shìos. Suas is sìos, làidir no lag . . . chan eil ann ach physics."

"Physics?" thuirt Daibhidh. "Cuin a dh'ionnsaich thusa physics – duine a bh' air a chumail air ais san sgoil cho tric 's nach rachadh tu innte gu Clas a Ceithir gun an fheusag a thoirt dhìot sa mhadainn le siabann is ràsar?"

"Cuiridh mi geall cuideachd," thuirt Calum, "nach aithne

dhut an diofar eadar unnsa meatrach agus unnsa às an rìoghachd seo."

"Chan aithne, agus 's mi tha coma," thuirt Daibhidh. "Ach tha mi faireachdainn gu bheil thu dol a dh'innse dhomh."

"Can gu bheil thu ann an Amsterdam," thuirt Calum, "'s tha thu a' dol a cheannach . . . umh, stuth. Thig na Duitsich thugad 's bidh seòrsa de mhenu aca: Nepalese aig còig notaichean gach gram; Afghan Black, trì notaichean gach gram; Moroccan, dà not gu leth – 's mar sin air adhart. Seachd gramaichean meatrach, sin agad cairteal a dh'unnsa san tomhas againne. Tha sin a' ciallachadh gu bheil ochd grama fichead chun an unnsa anns an tomhas againne, ach anns an tomhas meatrach – agus sin a bhios na Duitsich a' cleachdadh – chan eil ach còig grama fichead chun an unnsa. Mar sin, nuair a cheannaicheas tu cnap anns a bheil naoi unnsaichean – 's e 'Nine-Bar' a chanas iad ris a sin – feumaidh tu bhith faiceallach nach bi unnsa a dhìth. Bheil thu tuigsinn?"

"Tha mo cheann na bhrochan agad, a Chaluim," thuirt Daibhidh. "Dìreach mar fhacal, cia mheud 'Nine-Bar' a cheannaich thu fhèin?"

"Ochd," thuirt Calum. "Nepalese. Aig dà mhìle not."

"Is dè na gheibh thu orra?" thuirt Daibhidh.

"Ma reiceas mi iad ann am pìosan leth-chairteil unnsa," thuirt Calum, "gheibh mi fichead not air gach bìdeig. Dèan fhèin cunntas orra air fad."

"Cha chreid mi gun tèid agam air sin a dhèanamh," thuirt Daibhidh.

"Tha e furasta," thuirt Calum. "Dà fhichead not airson cairteal. Ceud is trì fichead airson ùnnsa. Mìle 's ceithir cheud agus dà fhichead not airson gach 'Nine-Bar'."

"'S tha ochd dhiubh sin agadsa," thuirt Daibhidh. Tharraing e anail. "Bheil fhios agad air a seo?" thuirt e. "Tha gràin an uilc agam air drogaichean, a Chaluim. Chan eil mi airson an còrr a chluinntinn mun deidhinn. Tràth 's gu bheil e, tha mise feumachadh drama." Choisich e gu dreasair agus thug e a-mach botal. "Dè do bharail air seo?" thuirt e. "Glenfarclas, dè? Nach ann dhomh fhìn a rinneadh an saoghal?"

"'Physics', ille," thuirt Calum.

"Dè tha thu ciallachadh, 'physics'?" thuirt Daibhidh. "Na tòisich air searmonachadh a-rithist."

Bhruidhinn Calum ann an guth ìseal: "Am prìomh lagh ann am 'physics': 'An rud a thèid suas, thig e a-nuas.'"

"Dè?" thuirt Daibhidh.

Thuirt Calum: "Tha thusa smaoineachadh gun do rinn sinn uabhasach math às a' phòsadh ud, nach eil?"

"Uill," thuirt Daibhidh, "'s e Tiny a thug comhairle dhuinn agus chaidh an gnothach gu math leinn."

"Dèan mar a dh'iarras Tiny ort," thuirt Calum gu searbh, "'s cha tèid thu fada ceàrr." Chagainn e air feòil na muice agus ghabh e balgam de chofaidh. Rinn e brùchdail. "Dhan ospadal, 's dòcha," thuirt e gu ciùin, "ach cha tèid thu fada ceàrr."

Shluig Daibhidh cnap de mharag gheal agus thuirt e: "Dh'obraich e a-mach dìreach eireachdail."

"'N e sin tha thu smaoineachadh?" thuirt Calum. "Seadh, tha iad a-nis às ar dèidh, ach dh'obraich e a-mach dìreach eireachdail. Mi fhìn 's tu fhèin, ille, chan e an aon chiall a th'againn air eireachdail."

"Dè an Diabhal a tha thu a' ciallachadh?" thuirt Daibhidh.

"Thusa, mise agus Tiny," thuirt Calum. "Tha iad air faighinn a-mach mur deidhinn agus bidh cuideigin a' tadhal oirnn an ùine nach bi fada. 'S bidh caman aige na làimh. Ma dh'fhuiricheas mi an seo ro fhada – rud nach eil mi dol a dhèanamh – bristidh iad na glùinean agam 's bidh mi cheart cho cuagach 's a bhios tu fhèin is Tiny. Tha mise dol a dhèanamh air a' Ghearmailt. 'S aithne dhomh feadhainn thall an sin 's nì sinn rudeigin còmhla."

"Carson a dh'fheumas tu teicheadh?" thuirt Daibhidh.

"Sguir dhen phrablais a th' ort, a Dhaibhidh," thuirt Calum. Chaidh dà dhioga seachad. "Airson Dacha Mo Ghaoil," thuirt e. "Dè an Diabhal a tha ceàrr ort?"

"Dè an Diabhal a tha ceàrr *ortsa*?" thuirt Daibhidh. "Cò às a thàinig an sgeulachd ghòrach, co-dhiù? 'Eil thu air a bhith feuchainn an Nepalese?"

"Dhaibhidh," thuirt Calum ann an guth sèimh, "tha an t-Èildear a' tighinn."

"An t-Èildear?" thuirt Daibhidh, is crith na ghuth. "Dia bhith timcheall òirnn! Cò dh'inns seo dhut?"

"Tommy," thuirt Calum.

"A Chaluim," thuirt Daibhidh, " 's ann air Tommy Lachlainn Bhàin a tha sinn a' bruidhinn an seo, ceart?"

"Ceart," thuirt Calum. "Bha Tommy ag innse dhomh." Leig e osna. "Tha sinn a' bruidhinn," thuirt e. "Tha samh às a' bhana 's tha an t-uisge ann 's tha an turas a' toirt cho fada 's a h-uile sìon, agus tha e ag innse dhomh gu bheil piuthar athar, nighean a' Bhàillidh mu Thuath, air brath a chur a Steòrnabhagh a dh' iarraidh fuamhaire."

"Dè mar a bha fios aige air sin?" thuirt Daibhidh.

" 'S e chuir an e-mail thuige," thuirt Calum. "Tha e cho eòlach air an eadar-lìon 's a tha athair air an rathad dhan taigh-òsta an Càirinis. Thuirt e gun do dh'iarr Mairead a tha seo air an litir a chur air falbh, gun robh dithis nighean Ruiseanach a' toirt seachad aoigheachd dha na fireannaich . . . agus a' togail ostraitsean . . . às an t-Sruth Mhòr agus gum feumadh an t-Èildear leasan ionnsachadh dhaibh."

Sheall Daibhidh air Calum le sùilean eadar a bhith eagalach is cianail. "Chuala mise gun do bhàsaich na h-ostraitsean," thuirt e.

"Chuala mise gun do bhàsaich bodach à Caolas Fhlodaigh shìos an sin cuideachd," thuirt Calum. "Dh'fhàillig a chridhe no rudeigin."

Chrath Daibhidh a cheann, an toiseach gu 'n làimh chlì, 's an uair sin gu 'n làimh dheis. "Coma leat dhen sin," thuirt e. "Agus dè thuirt thusa, eagal 's nach bi fios aig an Èildear cà'il sinn uile a' fuireach nuair a thig e air chèilidh?"

"Cha do dh'fhosgail mi mo bheul," thuirt Calum. Bha dàil bheag ann. "Uill, 's dòcha gun tug mi iomradh air a' bhanais shìos an Glaschu," thuirt e. "Bha e cho èibhinn nuair a chaidh thu ann an seachd neòil 's a thog Tamara thu." Sguir e bhruidhinn airson dioga. " 'S thug sinn greis a' bruidhinn air Tiny." thuirt e. " 'S e Tommy a chuir na 'circuits' dhan taigh as an t-Sruth Mhòr, 's cha d' fhuair e phàigheadh air a shon fhathast bho Dhonnchadh. Coma leat, ill' òig, cha do dh'ainmich mi thusa. Cha tuirt mi 'n còrr. 'S e an aon rud a bh' air m' aire faighinn dhachaigh airson an stuth a reic agus an uair sin a-mach à seo."

"Tapadh leatsa, a Chaluim," thuirt Daibhidh. " 'S mòr an cliù dhut, ille. Cha mheall thu air duine idir. Leatsa, 's i an fhìrinn a sheasas. Tha do chàirdean ann an cunnart agus cha chan thu, 'Iosa, Dhaibhidh, tha an t-Èildear dol a bhristeadh nan glùinean againn. Fuirichidh sinn stòlda ri chèile 's bheir sinn ionnsaigh air-san.' Tha thu 'g ràdh gu bheil thu dol a tharraing agus canaidh tu riumsa, 'Taigh na galla dhutsa.' Leatsa, tha fhios aig duine gum feum e seasamh leis fhèin. Gus an dìobair na glùinean co-dhiù."

"'S fheàrr dhomhsa falbh," thuirt Calum. "Tha tòrr agam ri dhèanamh mum faigh mi 'm plèan."

"Bidh an caothach tioram air Donnchadh nuair a gheibh e a-mach mu dheidhinn seo," thuirt Daibhidh.

"Biodh aige," thuirt Calum. "Dè ged a bhios caothach air Tiny? 'S beag mo dhragh. Dè dhèanadh esan orm? O, 's dòcha nach leig e leam a bhith coimhead *Pàdraig Post* air an telebhisean. Taigh na galla dha."

11

Stiùir Daibhidh MacÌosaig an Suzuki a-steach do ghàrradh an taigh-òsta ann am Poll a' Charra an Uibhist a Deas. Stad e, chuir e car dhen iuchair agus theirinn e. Chuir e am motair na sheasamh. Choisich e chun an dorais, a làmhan air an teannachadh ri uchd los nach biodh iad a' critheadaich. Sin an staid anns an robh e nuair a shuidh e aig bòrd far an robh Donnchadh na shuidhe is glainne uisge-bheatha air a bheulaibh.

"An ann a' gabhail d' ùrnaigh a tha thu, a Dhaibhidh?" thuirt Donnchadh ris an fhear òg.

"'S beag feum a dhèanadh sin dhomh," thuirt Daibhidh. "Bhrath Calum sinn."

"Ciamar?" thuirt Donnchadh.

"Dh'inns e a h-uile sìon mu dheidhinn Dacha Mo Ghaoil, an dol-air-adhart aig Tamara is Tanya agus . . . na h-ostraitsean," thuirt Daibhidh. "Chuir nighean a' Bhàillidh ann an Uibhist a

Tuath brath gu Steòrnabhagh a dh'iarraidh duine ris an can iad an t-Èildear. Tha e a' tighinn an seo a dh'aithghearr agus tha e dol a dh'fhaighinn cuidhteas na Ruiseanaich agus tha e a' dol a bhristeadh mo chasan-sa. Nì e an aon rud air Calum ma gheibh e grèim air."

"Bheil thu cinnteach, a Dhaibhidh?" thuirt Donnchadh.

Bhruidhinn Daibhidh ann an da-rìribh: "Cho cinnteach 's a tha mi beò . . . ge brith dè cho fad' 's a bhios sin."

"Uill, 's tusa a bha ga iarraidh còmhla riut," thuirt Donnchadh. "Thuirt thu gum biodh e taghta. 'Eil cuimhn' agad air a sin?"

"Chan eil annad ach am bastar," thuirt Daibhidh.

"Tha teagamh agam," thuirt Donnchadh. "Chunna mi m' athair agus tha mi gu math coltach ris."

"Rinn mi mearachd," thuirt Daibhidh. "Dè mar fo thalamh a bha fios agamsa gu robh Calum gu bhith mar seo? Cha robh fios agam gun dèanadh e èisteachd ri Pròstanach dubh – fear a tha càirdeach dhan Bhàillidh mu Thuath."

"Dh'fheumadh sùilean a bhith agad an cùl do chinn mum bi thu suas ris an dol-air-adhart a bhios aig feadhainn de bhoireannaich," thuirt Donnchadh. "Tha thu ann an amhoin gun teagamh, a laochain. B' àbhaist dhutsa a bhith gam chàineadh air sàillibh nan t-shirts le *Death before the Free Church*. 'S mise a thagh na faclan. 'S ann agam fhìn a bha a' choire."

"Rinn thusa mearachd an turas sin," thuirt Daibhidh. "An turas seo, feumaidh mi fhìn rudeigin a dhèanamh. Ma tha mi ann am bogadh, 's esan am fear a chuir ann mi, agus lùiginn a mharbhadh – an fhìrinn a th' agam."

"Cha chreid mi gum bu chòir dhut sin a dhèanamh," thuirt Donnchadh. "Leig leis an Èildear dèiligeadh ris."

" 'S an uair sin thig mac na seana ghalla às mo dhèidh-sa?" thuirt Daibhidh. "Gun teagamh, chan e do ghlùinean-sa a th' ann, ach chan eil sin gu diofar, a bheil?"

"Co-dhiù," thuirt Donnchadh, "chan eil ceangal eadar mi fhìn 's na h-igheanan Ruiseanach. Cha mhise a phòs shìos an Glaschu ann." Dhùin e a bheul is dh'fhàs e stùiceach. "Tha an taigh anns an t-Sruth Mhòr ann gun teagamh," thuirt e, "ach chan eil gnothach agamsa ri mar bhios an fheadhainn a tha fuireach ann gan giùlain fhèin. 'S tha a bhlàth sin air."

"Na bi gad mhealladh fhèin, a Dhonnchaidh," thuirt Daibhidh. "Tha thusa ann an cunnart cuideachd. Leig Calum às d' inntinn. Thèid esan dhan Ghearmailt air neo beiridh an t-Èildear air ron uair sin." Rinn e snodha-gàire. "Air neo thèid a ghlacadh le na poilis 's an stuth ud aige, agus 's e 'm prìosan a gheibh e."

" 'S fheàrr dhuinn smaoineachadh air an Èildear. Na fosgail do dhoras ri duine sam bith a bhios a' bruidhinn ann an cainnt nan Leòdhasach . . . ma chluinneas tu a' ghairm chearc aig cuideigin, dèan às cho luath 's as urrainn dhut."

"Chan ann mar sin a tha mise a' faicinn ghnothaichean," thuirt Donnchadh. "Cha chreid mi gun dèanadh an t-Èildear fhèin an gnothach air Tamara 's Tanya nan rachadh iad a shabaid. Agus air do shon-sa, ged a tha sibh pòsta, tha sibh mar gum biodh dealaichte, agus tha ise a' dèanamh mar a thoilicheas i fhèin."

"A Dhonnchaidh, tha mi 'n dòchas gu bheil thu ceart," thuirt Daibhidh. " 'S fìor thoigh leam na glùinean a th' agam. B' fheàrr leam gum biodh iad agam airson ùine mhòir fhathast."

"Tha mi ceart," thuirt Donnchadh.

"Bheil thu coma, ge-tà," thuirt Daibhidh, "ged a thèid mi a dh'fhuireach airson greis còmhla ri Alina 's ris a' chloinn . . . agus na pìosan Lego?"

"A Dhaibhidh," thuirt Donnchadh, "dh'fhaodadh tu dhol a dh'fhuireach còmhla ri do bhean anns an t-Sruth Mhòr, nam biodh tu faireachdainn na bu shàbhailte 's ise gad dhìon. Gheibh sinn clìdhear às. Tha mise dol a sgrìobhadh sgriobt no dhà dha na bodaich. Gheibh thu brath bhuam nuair a bhios an t-àm agad sgur a bhith iomagaineach agus teannadh ri obair a-rithist."

12

Bha Murchadh MacÌomhair, air an robh 'An t-Èildear' mar fhar-ainm, ana-mhòr. Bha a cholann cho leathann 's cho tiugh 's gu robh e na iongnadh gum b' urrainn dha na casan aige, a dh'aindeoin cho tiugh 's cho fèitheach 's a bha iad, taic a chumail rithe. Anns an taigh-bìdh aig a' Phort-adhair ann am Bail' a' Mhanaich ann am Beinn a' Bhadhla, choisich e gu slaodach chun a' bhùird far an robh Mairead na suidhe. Bha aodann, le sùilean beaga donna mar rèiseidean, cadalach.

"Mhairead," thuirt an t-Èildear. Bha guth àrd, biorach aige, mar a bhios gu math tric aig daoine a tha air buille no dhà fhaighinn san sgòrnan nuair a tha iad air a bhith sabaid.

"A Mhurchaidh," thuirt Mairead. "Cofaidh?"

"Cha ghabh," thuirt an t-Èildear. " 'Eil càil a theans ann gum faigh sinn deoch cheart?"

"Chan eil e ach leth-uair an dèidh a deich," thuirt Mairead. "Chan eil fhios a'm a bheil am bàr fosgailte fhathast."

"Dè ghabhas sibh?" thuirt an tè-freasgairt, nighean bhàn anns na deugan a sheas rin taobh.

"Dìreach dà bhotal leanna," thuirt Mairead.

"Uh-uh," thuirt an t-Èildear.

"Dè tha thu 'g iarraidh?" thuirt Mairead.

"Ruma dubh – glainne mhòr," thuirt an t-Èildear.

"Cha chreid mi gu bheil sinn a' reic deoch-làidir fhathast," thuirt an nighean òg. "Nì mi mar as fheàrr as urrainn dhomh."

"Dèan thusa sin, m' iadail," thuirt an t-Èildear, "agus 's mathaid gun toir mi dhut àireamh na fòn agam."

"Mhurchaidh!" thuirt Mairead. "Tha i siud a' dol dhan sgoil fhathast."

" 'S ann as fheàrr," thuirt an t-Èildear. "An t-ionnsachadh òg – sin an dòigh as fheàrr orra."

"Bheil thusa air do rothaigeadh, a Mhurchaidh?" thuirt Mairead.

"Bha drama agam air a' phlèan," thuirt an t-Èildear.

" 'S dòcha barrachd air aon tè," thuirt Mairead.

"Uill," thuirt an t-Èildear, " 's mathaid gun do ghabh mi dhà no trì."

"An do dh'ith thu fhathast?" thuirt Mairead.

"Air a' phlèan," thuirt an t-Èildear, "cha do dh'ith mi snap dhen bhiadh a thug iad dhuinn. Bha an fheòil cho amh, cha mhòr nach cluinneadh tu i a' comhartaich nuair a bheireadh tu glamhach aiste. Ghabh mi briosgaid teòclaid air a' phlèan."

"Bu chòir dhut roile a ghabhail an seo," thuirt Mairead.

"Chan eil an t-acras orm," thuirt an t-Èildear. Thionndaidh e a cheann chun a' chunntair. "Cà 'n deach an òinseach ud?" thuirt e. Mhothaich e dhan nighinn a' tighinn thuca le deoch. "Hoigh, greas ort," ghlaodh e, "tha mi cho tioram ri àrc a-bhos an seo."

"Sin sibh," thuirt an nighean bhàn. "Cha robh Aonghas deònach an toiseach am bàr fhosgladh, ach dh'aontaich e mu dheireadh thall."

"Càit an robh agad ri dhol a bhruidhinn ri Aonghas?" thuirt an t-Èildear. Cha do fhreagair an tè-freasgairt e. "Dh'fhaighnich mi dhut," thuirt an t-Èildear ann an guth ìseal, "càit an robh agad ri dhol airson gum bruidhinneadh tu ri Aonghas còir. Tha fhios a'm gur ann air taobh a-muigh an àite seo a bha e. 'S mathaid gun do leum thu air an sgutair bheag agad, no gun do ghabh thu bus. Bha mi dìreach a' wondraigeadh."

"'S e Aonghas an gafair," thuirt an nighean òg.

"Mhurchaidh, leig leatha," thuirt Mairead.

Thog an t-Èildear a' ghlainne agus thràigh e i. "Tè mhòr eile dhòmhsa," thuirt e, "'s a bheil thu fhèin ag iarraidh càil, a Mhairead?"

"Chan eil," thuirt Mairead. "Tha mise taghta." Chrom i a ceann mar gum biodh i a' coimhead airson a baga, agus thuirt i fo h-anail, "Ach cha chreid mi gu bheil thusa."

"Bidh siud a' dol air an nèarbh agamsa," thuirt an t-Èildear. "Clann-nighean òg le cìochan mòra 's a h-uile càil – cha dèan iad car obrach mura cùm thu sùil orra. Tha iad – cha toir iad hò-rò dha na daoine tha feitheamh air seirbheis. Chan eil càil air an aire ach boyfriends."

"Rinn i fàbhar dhut," thuirt Mairead.

"Aidh," thuirt an t-Èildear, "ruith i a Chreag Ghoraidh a dh'fhaighinn drama dhomh."

"Cha b' àbhaist dhutsa a bhith cho titheach air an deoch," thuirt Mairead. "Bheil thu fhathast a' comanachadh?"

"Chan eil," thuirt an t-Èildear. "B' fheudar dhomh sin a leigeil seachad. Chùm na h-èildearan eile bhuam an comanachadh. Chaidh mo dhìteadh air beulaibh èildearan a' Bhac – buidheann cho cumhachdach 's a tha sna h-Eileanan Siar."

"Carson a chaidh iad nad aghaidh?" thuirt Mairead.

"Bha an nighean òg a bha seo," thuirt an t-Èildear, "'s bha i caran diadhaidh . . . agus bhithinn-sa ga cuideachadh le Leabhar Aithghearr nan Ceist is rudan mar sin. Bheil fhios agad dè rinn iad? O, tha iad oillteil. Bheil fhios agad dè bhios na Bacaich ag ràdh?"

"Chan eil," thuirt Mairead.

"Bidh iad ag ràdh, 'Chan ith sinn a' chlann againn fhìn air a' Bhac. Ithidh sinn a' chlann agaibhse.' Co-dhiù, bha iad a' liùgadh oirnn fhad 's a bha sinn sa chàr taobh a-muigh taigh Ailig a' Ghrass. Ceart gu leòr, bha e anmoch 's bha 'n sgoil aicese sa mhadainn, ach . . . cha robh e ceart an rud a thuirt an deucon rium aig an t-Seisean. 'Thoir seachad an ad bhog agad, a Mhurchaidh. Chan e eaglais mhòr a' Bhac t' àite.' Tha mi air an 'out of work', 's bidh mi air prògram Choinnich Mhòir an-dràsta 's a-rithist."

"Shìorraidh," thuirt Mairead, "cha shaoilinn gum faigheadh tu cus aige sin."

"Chan eil mi faighinn sgillinn," thuirt an t-Èildear. "'Ceud mìle taing', ma bhios mi fortanach. Ach gheibh mi rudeigin."

"Uill," thuirt Mairead, "tha gnothach agam dhut an seo."

"Taing dhan Chruthaighear," thuirt an t-Èildear. "Tha cruaidh-fheum agam air an airgead an-dràsta. Tha e duilich obair mar seo fhaighinn a-nis. Tha daoine air a bhith gam sheachnadh bho chionn ghoirid."

"Chan eil thu 'g ràdh?" thuirt Mairead.

"Bheil thu coma," thuirt an t-Èildear, "ged a dh'òlainn balgam dhen leann agad fhad 's a tha mi feitheamh gus an till a' phiseag ghrànda à Loch Baghasdail?" Cha do dh'fhuirich e airson a cead, agus dh'òl e an dàrna leth dhen ghlainne aig Mairead.

"Dhia," thuirt Mairead, "nach ann ort a tha 'm pathadh, a dhuine!"

"Bha mi air mo chois fad na h-oidhche," thuirt an t-Èildear. "Chan fhaigh mi norradh ma tha mi falbh air a' phlèan làrna-mhàireach. Tha plèanaichean gam fhàgail frionasach. Nuair a bhios sinn ullamh an seo, thèid mi innte cho luath 's a ruighneas sinn an taigh-òsta."

"Dè mar a tha Peigi 's a' chlann?" thuirt Mairead.

"Diabhalt," thuirt an t-Èildear. "Tha Dòmhnall air a dhol na bhlaigeard. Dh'fhàg e an sgoil as t-earrach, 's chan eil e a' sgur a smocadh an stuth a tha sin. Tha boyfriend aig Kylie. Tha i ceithir bliadhn' deug a dh'aois, 's tha i air a' phile."

"O, nach ist thu!" thuirt Mairead.

"Cha ghabh e creidsinn," thuirt an t-Èildear. "Thuirt mi ri Peigi, 'An ainm a' Chruthaigheir, nach inns thu dhomh dè tha tachairt anns an taigh a tha seo?' 'S e thuirt ise, 'Dè 'n dragh a th' agadsa? Lùigeadh tu – b' fheàrr leatsa – gum biodh i trom.' Cha b' urrainn dhomh a chreidsinn. 'Pheigi,' thuirt mi, 'tha i ceithir bliadhn' deug a dh'aois. Cha chreid mi nach do thòisich i caran tràth.' "

"Tha mise dhen aon bharail," thuirt Mairead.

Thàinig an nighean bhàn agus chuir i glainne ruma air a' bhòrd. "Ruma dubh – tè mhòr," thuirt i.

"Cuiridh mi geall nach tug thu leann dhìse," thuirt an t-Èildear.

"Cha tug," thuirt an nighean gu modhail. "Cha robh thu 'g iarraidh ach an ruma – sin a shaoil mi."

"Shaoil thu ceàrr," thuirt an t-Èildear. "Thalla 's faigh botal leanna dhìse. Dh'òl mi an leann aice."

"Chan eil mi 'g iarraidh a' chòrr, a Mhurchaidh," thuirt Mairead. "Tha e taghta."

"Thoir thuice leann," thuirt an t-Èildear. Ghabh e balgam ruma. "Seadh," thuirt e, "tha Kylie ro òg."

"Tha mi ag aontachadh leat," thuirt Mairead.

" 'Eil fhios agad dè thuirt Peigi rium?" thuirt an t-Èildear. "Thuirt i, 'Dè 'n aois a bha Natalie nuair a bha thu falbh leatha?' "

"Dè 'n aois a bha Natalie?" thuirt Mairead.

"Sia bliadhn' deug," thuirt an t-Èildear, "rud a tha gu math diofaraichte."

"Tha mi gad chreidsinn, a Mhurchaidh," thuirt Mairead.

"Thèid a h-uile càil dhan donas ma dh'fhuiricheas tu fada gu leòr," thuirt an t-Èildear. Stad e a bhruidhinn, mar gum biodh e air cuimhneachadh air rudeigin. " 'S tha toyboy aig Peigi," thuirt e. " 'S aithne dhomh cò e 's a h-uile càil, ach fàgaidh an stuth a tha sin cho sgìth thu 's nach urrainn dhomh bhith air mo bhuadraigeadh seasamh air mo chasan 's rudeigin a dhèanamh mu dheidhinn."

"Dhia, seall orm," thuirt Mairead.

Thàinig an tè bhàn agus chuir i botal air a' bhòrd le gliong.

"Meal do naidheachd, a ghràidh," thuirt an t-Èildear. "Rinn thu a' chùis mu dheireadh thall. Bha 'n trafaig dona, 's cinnteach."

"Chan eil thusa dol a ghabhail a' chòrr," thuirt Mairead.

"Thèid bara-fairis ort."

Theann an t-Èildear ri òl, an ruma is an leann, fear mu seach. "'S ann agam a tha 'n comas air òl. Dè tha sinn a' dol a dhèanamh?"

"Tha dithis nighean Ruiseanach againn agus dithis ghillean," thuirt Mairead. "Uill, tha triùir fhireannach ann, ach tha fear dhiubh a dhìth an-dràsta agus bha mi fhìn am beachd faighinn cuidhteas dithis dhiubh. Dh'fhàgadh sin na h-igheanan agus Donnchadh MacCormaig agadsa." Choimhead i suas nuair a thàinig an nighean òg le cunntas na làimh. "Dè th' agam ri thoirt dhut, a nighean?" thuirt i. Thug i a-mach a sporan is a MasterCard agus shìn i a' chairt dhan tè-freasgairt.

"Air do shlighe air ais," thuirt an t-Èildear, "ma tha thu smaoineachadh gum bi thu anns an dùthaich a-rithist am-bliadhna, faodaidh tu tèile a thoirt thugamsa."

"Chan fhaod thu, a nighean," thuirt Mairead. "Òlaidh mi fhìn seo, ged nach eil mi ga iarraidh. Tha esan ag òl cofaidh. Thoir cofaidh dubh dhan duine."

"Hoigh," thuirt an t-Èildear, "gabh air do shocair e."

"Hoigh," thuirt Mairead, "gabh fhèin air do shocair e. Cofaidh dhutsa, a bhalaich."

"Chan fhaigh mi cadal," thuirt an t-Èildear, "ma ghabhas mi cofaidh."

"Leugh Leabhar Aithghearr nan Ceist," thuirt Mairead.

"Cha chreid mi gun dèan mi sin idir," thuirt an t-Èildear. "Tha thusa dol a dh'fhaighinn cnap beag dhen stuth sin dhomh."

"Bheil feum agad air a sin cuideachd?" thuirt Mairead.

"Tud, chan eil mi 'g obair a-nochd, a bheil?" thuirt an t-Èildear.

"Chan eil," thuirt Mairead.

"Chan eil coltas ann gum bi mi 'g obair an ath-oidhch' nas mò," thuirt an t-Èildear. "Cò an latha th' ann an-diugh co-dhiù?"

"Dimàirt," thuirt Mairead.

" 'S beag orm fhìn a' chabhaig a tha seo," thuirt an t-Èildear. "Seo Dimàirt: thèid mi a bhruidhinn ri na Ruiseanaich oidhche na Sàbaid. Sin an oidhche a tha mi dol a chur an cac asta. Tha sibhse cho mì-fhoighidneach an Uibhist. Chan eil sibh a' cosg tìde a' smaoineachadh air cùisean. Bithidh mise."

"Tha e an còmhnaidh math coinneachadh ri duine a dh'fhaodas mi ionnsachadh bhuaithe," thuirt Mairead

" 'S fhada bhon a thòisich mise air an obair seo," thuirt an t-Èildear. "Bidh mi saor a-rèist fad còig oidhcheannan. Cò tha dol a thighinn dhan taigh-òsta leis an stuth a-nochd?"

"Chan eil fhios a'am," thuirt Mairead. "Nì mi mo dhìcheall. Thig cuideigin."

13

Nuair a ràinig Mairead agus Tòmas MacMhathain, mac a peathar, Dacha Mo Ghaoil anns an t-Sruth Mhòr anns an Land Rover, stad iad agus choimhead iad air Tanya, a bha a-muigh a' biathadh nan ostraitsean.

"Dhia, nach i tha mòr!" thuirt Tòmas, balach brèagha bàn mu naoi bliadhna deug a dh'aois.

"An tè ud a tha biathadh nan ostraitsean an-dràsta, sin Tanya," thuirt Mairead. "Fan gu faic thu an tèile."

"Tha 'n tèile nas motha na Tanya?" thuirt Tòmas.

"Fada nas motha," thuirt Mairead.

"Dhia seall orm," thuirt Tòmas, "nam faiceadh tu i siud aig an diosgo, chanadh tu, 'Feumaidh mi dhol dhan taigh-bheag grunn thursan leis an leth-bhotal.' "

"Nach buidhe dhut!" thuirt Mairead. "Tha thusa dol a choinneachadh riutha 's cha bhi feum agad air leth-bhotal ann."

"Dè tha sinn a' dol a dhèanamh, a Mhairead?" thuirt Tòmas.

"Tha thusa dol a shuidhe sìos," thuirt Mairead, " 's cuiridh tu bus ort los gum bi thu coimhead seagsaidh."

"Dè bhios tusa dèanamh?" thuirt Tòmas.

"Coma leat smaoineachadh air dè bhios mise dèanamh," thuirt Mairead. "Smaoinich thusa air na bhios tu fhèin a' dèanamh. Feuch gum bi thu dèanamh gàire tric cuideachd."

"Am faigh mi airgead?" thuirt Tòmas.

"Dà cheud," thuirt Mairead. "Agus gheibh thu càr cuideachd."

"Dè seòrsa?" thuirt Tòmas.

"Land Rover," thuirt Mairead. "Am fear seo."

"Ach 's ann le MacAsgaill a tha am fear seo," thuirt Tòmas. "Buinidh e dhan oighreachd."

" 'S ann leatsa a tha e a-nis," thuirt Mairead.

"Okay," thuirt Tòmas. "Ach carson a tha thu cho fialaidh? Tha thu a' toirt orm a bhith smaoineachadh."

"Sin an laigse a th' annad, a Thòmais," thuirt Mairead. "Na bi smaoineachadh idir. Dìreach dèan mar a tha mise 'g iarraidh ort, 's cha bhi dad a dh'iomagain ort."

"Dhia, seo i tighinn," thuirt Tòmas.

"Greetings, comrades," thuirt Tanya, tè mhòr le craiceann dorcha, aig doras a' chàir. "You want to enter Dacha? Show not begin until twenty-three hundred hours, but mother and son welcome to have glass of wodka."

"Tha i smaoineachadh gur tu mo mhàthair," thuirt Tòmas, 's e a' gàireachdainn.

"Thank you," thuirt Mairead. "We follow you."

"Come," thuirt Tanya. "You meet my friend Tamara."

Rinn doras-aghaidh an taighe dìosgan nuair a dh'fhosgail Tanya e. Chaidh an triùir aca a-steach.

Bha Tamara, briogais ghoirid 's peitean oirre, na seasamh an teis-meadhan an t-seòmair. Bha i a' dèanamh eacarsaich le cèise-ball mòr is bha braon fallais oirre. Theann Tanya is Tamara ri glagadaich nan cainnt fhèin. Mu dheireadh, thionndaidh Tamara is bhruidhinn i ri Mairead: "Wodka for you?"

"Yes, please," thuirt Tòmas.

"Tommy!" thuirt Mairead. "No, thank you. I want to talk to you both . . . Me, Tanya and Tamara . . . we talk, okay?"

"Okay," thuirt Tamara.

"You like working in Scotland?" thuirt Mairead.

"Is okay," thuirt Tamara.

"Better in Germany, no?" thuirt Mairead. "Many roubles there."

Fhreagair Tamara gu dìoghrasach, "Yes, yes, yes!"

"You like to go work in Germany?" thuirt Mairead, 's i ag imlich a beilleagan le teanga.

Chaidh an dithis aca nam boil. "Da, da, da!" thuirt iad còmhla.

"You like to go with . . . him?" thuirt Mairead.

Bha Tanya is Tamara air an togail gu mòr. "Da, da, da!" thuirt iad.

"Fuirich mionaid, a Mhairead," thuirt Tòmas. "Cha toigh leam . . ."

"Dè thuirt mi riut?" thuirt Mairead. "Dùin do bheul."

"How old your son?" thuirt Tamara.

"Nineteen," thuirt Mairead.

"Younger than husband of Tamara, Die-vee," thuirt Tanya. "What his name?"

"Tommy," thuirt Mairead.

"To-mee is pretty boy, no?" thuirt Tamara. Thàinig an uair sin spreaghadh dhen chainnt Ruiseanach eatarra.

"Dè tha a' ghlogaidh-homh ag ràdh?" thuirt Tòmas.

"Tha iad ag ràdh nach mill a' ghràndachd idir thu," thuirt Mairead. "Cha chreid mi nach eil Tanya air nòisean a ghabhail dhìot."

"Dia bhith timcheall orm!" thuirt Tòmas is cnead guil na ghuth.

"You go to Germany with Tommy?" thuirt Mairead. "He has good car and knows the way to Hamburg."

Bhruidhinn Tanya is Tamara còmhla: "Da, da, da! Hamburg is good! To-mee is good!"

Thug Mairead cnap notaichean a-mach às a sporan. "Seo," thuirt i ri Tamara 's i a' toirt an airgid seachad, "a little money for you."

Cha robh ri chluinntinn ach siosarnaich nan notaichean agus sainnsireachd ann an Ruiseanais mar a bha Tanya is Tamara a' cunntais. Mu dheireadh, bhruidhinn Tamara: "You no want show?"

"Give show to Tommy on the road," thuirt Mairead.

"Da, da, da," thuirt na Ruiseanaich còmhla. "Is good," thuirt Tamara. "When we go?"

"O, Mhairead!" thuirt Tòmas ann an guth cianail.

"Dùin do chab!" thuirt Mairead ti Tòmas. Thionndaidh i ris a' chloinn-nighean: "You go Friday night," thuirt i. "Ferry sails from Loch Boisdale at ten . . . at twenty-two hundred hours. You meet Tommy there at the pier at twenty-one hundred."

"Nyet, nyet, nyet," thuirt Tanya. "To-mee stay here. We entertain him."

"A Mhairead, tha mi guidhe riut," thuirt Tòmas. "Na fàg mi còmhla riutha idir."

Rinn Mairead dòrn le làimh cheart agus thug i sgailg dha bois cheàrr leis. "Tommy comes with me," thuirt i. "You meet him Friday night at Loch Boisdale."

"Okay," thuirt Tamara, mar gum biodh i a' feuchainn ri Tòmas a thoirt a thaobh. "To-mee, Friday night I let you feel my muscles, eh?"

"Thugainn, a Mhairead," thuirt Tòmas. "Trobhad, an toir thu dhomh iasad dhen mhobile agad? Feumaidh mi fònadh gu cuideigin mum falbh mi . . . ma dh'fheumas mi falbh."

"Seo," thuirt Mairead, 's i a' toirt seachad na fòn. Thionndaidh i ri na Ruiseanaich. "Tommy make call on telephone," thuirt i.

Choisich Tòmas a-mach air an doras. Cha bu luaithe rinn e sin na chual' e Tanya is Tamara ag èigheach on taobh a-staigh, "We want To-mee, we want To-mee." Choisich e pìos air falbh on taigh-cruite agus thòisich e air bruthadh phutanan. Nuair a fhuair e troimhe, theann e ri bruidhinn gu cabhagach.

". . . No, I don't care to leave my name. Pick up a pen and stop faffing around." Bha dàil bheag ann. "Sheòrais," thuirt e, " 's math gun d' fhuair mi a-staigh thu. Dè tha thu ciallachadh, cò tha seo? Tomaidh a th' ann. Bheil cuimhn' agad gu robh thu 'g iarraidh ainm? Uill, seo e: Calum Dòmhnallach à Geàrraidh Sheilidh . . . Seadh, bhana Morris Minor, àireamh C147 ZSC, ochd 'Nine-Bars'." Chaidh dà dhioga seachad. "Dè fios a th' agamsa cò tha dol ga cheannach," thuirt e. "Ma leanas sibh e, gheibh sibh a-mach, tha mi creidsinn . . ." Dh'èist e airson deagh ùine. " 'S e do bheatha, Sheòrais," thuirt e. "Tha e math fàbhar a dhèanamh do charaid aig am bi deagh chuimhne."

Dh'fhosgaileadh doras an taighe agus thàinig Mairead a-mach. Dh'èigh i thar a guailne, "By-ee, by-ee."

"By-ee, by-ee" dh'èigh Tamara is Tanya bho bhroinn an taighe.

Nuair a ràinig Mairead far an robh Tòmas na sheasamh, shìn i a-mach a làmh a dh'fhaighinn a' mhobile.

"Seo, a Mhairead," thuirt Tòmas, 's e ga toirt seachad. "Tapadh leat. Cha robh e staigh."

"Tha a h-uile duine cho trang sna lathaichean a th' ann," thuirt Mairead. "Nach eil, To-mee?"

14

Charaich Calum Dòmhnallach e fhèin air suidheachan-dràibhidh a' Mhorris Minor aige, a' bhana bheag a' ruith gu luath tron oidhche, na beanntan is na lochan a' nochdadh anns na solais fada roimhe agus a' dol à sealladh cha mhòr sa bhad anns an dorchadas.

Gu h-obann, 's e dìreach a' tighinn gu ceann rathad an Iochdair, 's e gu bhith aig an Fhadhail a Deas, chual' e caoineadh càr nam poileas air a chùlaibh. Stad Calum a' bhana, chuir e air a' bhrèig-làimhe agus thionndaidh e dheth an t-einnsean.

Stad càr nam poileas mu thrì slatan air a chùlaibh agus thàinig dithis a-mach. Ghnog fear dhe na poilis air uinneag an dràibheir. Sheas am fear eile aig cùl na bhana.

"Fosgail an uinneag," thuirt am poileasman.

Rothaig Calum sìos an uinneag. "Dè tha ceàrr?" thuirt e.

"'Reckless driving', a Chaluim," thuirt am poileasman.

"Uill," thuirt Calum, "nach mi tha gòrach! Shaoil mi gur ann agadsa a bha a' choire mar a bha thu a' dràibheadh. Theab an càr agaibh bualadh nam thòin pìos air ais an sin." Rinn e siot gàire. "Dè mar a bha fios agad air m' ainm?"

"Tha fios againn air tòrr mu do dheidhinn, a Chaluim," thuirt am poileasman. "Nam bharail-sa, duine sam bith a th' air an rathad mhòr le seann chranàitseach de bhana Morris Minor, tha e na chulaidh-nàire, na chulaidh-thruais is na chulaidh-mhagaidh."

"Agus càite," thuirt Calum, "ann an leabhar a tha 'g innse dhut dè mar a bhios tu nad phoileasman a bheil seo sgrìobhte?"

"Chan eil e sgrìobhte am bad sam bith," thuirt am poileasman. "Tha e agam nam cheann."

"Bheil sin ceart?" thuirt Calum.

"Thig a-mach às a' bhana," thuirt am poileasman.

"Hoigh!" thuirt Calum, 's e tighinn a-mach às a' bhana 's a' dùnadh an dorais le glag.

"Cuir do làmhan air mullach na bhana," thuirt am poileasman. "Gluais do chasan pìos beag air ais. Na caraich."

"Dè an Diabhal tha tachairt an seo?" thuirt Calum.

Dh'èigh am poileasman ri chompanach, "A Dhòmhnaill, fosgail an doras-cùil."

"Bheil barantas agaibh?" thuirt Calum.

"Chan eil," thuirt am poileasman, "ach tha geimhleag aig Dòmhnall. Dall ort, a Dhòmhnaill."

Chuala Calum a' ghlagadaich a nì meatailt air meatailt nuair a thug Dòmhnall ionnsaigh an toiseach air an doras 's an uair sin air glasan nan ceasaichean. Bha coltas iargalta air aodann. "Hoigh," dh'èigh e, "chan urrainn dhuibh sin a dhèanamh!"

"Tha sinn ga dhèanamh, 'ille," thuirt am poileasman.

Choisich e seachad air Calum is chaidh e gu cùl na bhana. "'S dè th' againn an seo?" thuirt e. Bhruidhinn e gu socair ri Dòmhnall: "Cia mheud pacaid a th' ann, a Dhòmhnaill?"

Thaom Dòmhnall na pacaidean air làr na bhana is bhruidhinn e gu slaodach: "Aon . . . dhà . . . trì . . . cha chreid mi . . . tha faisg air ceithir fichead unnsa aige, Sheòrais."

"Tha mi gad chur an sàs," thuirt Seòras. "Mun tòisich sinn gad cheasnachadh, tha sinn airson gun tuig thu na còraichean a th' agad."

"'S aithne dhòmhsa mo chòraichean," thuirt Calum.

"Bi sàmhach is èist ris an duine," thuirt Dòmhnall.

"Chan fheum thu freagairt a thoirt do cheist sam bith," thuirt Seòras. "Tha cead agad a bhith nad thosd. Ma fhreagras tu ceist sam bith, faodaidh sinn na chanas tu a chur gu feum mar fhianais sa Chùirt. 'Eil thu tuigsinn na tha mi air a chantail riut?"

"Tha mi tuigsinn ro mhath," thuirt Calum. "'Eil thu smoineachadh gur e gill-fhonaidh an Diabhail a th' annam?"

"Thug thu na dearbh fhaclan às mo bheul," thuirt Dòmhnall.

"Tha còir agad air seirbheis neach-lagha," thuirt Seòras. "Bheil neach-lagha agad?"

"Ìosa, chan eil," thuirt Calum. "Ciamar a bhiodh fear dhiubh sin agam? Chan eil mionaid bhon a chuir sibh an sàs mi."

"Ma tha thu 'g iarraidh neach-lagha," thuirt Seòras, "chan eil agad ach a ràdh, agus bheir sinn ùine dhut los gun cuir thu neach-lagha air fhastadh agus gum faigh thu comhairle bhuaithe. Faodaidh tu bruidhinn ris an neach-lagha agad mum freagair thu ceist sam bith. 'Eil thu tuigsinn na tha mi air a chantail riut?"

"Tha mi tuigsinn," thuirt Calum.

"Mura bheil agad na phàigheas neach-lagha," thuirt Seòras, "bidh neach-lagha air a shuidheachadh dhut leis a' Chùirt. An tuig thu sin?"

"Tuigidh," thuirt Calum.

"Faodaidh tu," thuirt Seòras, "ma tha thu deònach, na còraichean sin a chur gu taobh agus freagairtean a thoirt do cheist sam bith a chuireas sinn ort. Am freagair thu na ceistean?"

Bhruidhinn Calum gu tàireil: "Ged a shealladh tu do thòn dhomh, gu dearbha fhèin cha fhreagair."

"Thalla a-staigh dhan bhana agad," thuirt Seòras. "Dhan t-seat-chùil. Dhòmhnaill, thalla thusa a-staigh còmhla ris. Cùm grèim teann air. Ma ghluaiseas e, thoir sgailc dha leis a' gheimhleig agad."

Thug Seòras a-mach am fòn agus cha do rinn e fiù 's a chorrag a chur oirre. Theann e ri bruidhinn sa bhad: "Iain?" Dh'fhan e greiseag gun bhruidhinn, is an uair sin thòisich e a-rithist. "Seòras an seo. Inns dhan t-sàirdseant gun d' fhuair sinn grèim air an fhear a th' ann, 's gu robh an stuth aige ann an ceasaichean ann an cùl na bhana. Tha sinn a' tighinn a-staigh a-nis."

15

"Nach ann ann a tha ghloidhc!" thuirt Daibhidh ri Donnchadh. Bha iad nan suidhe aig bòrd ann an Taigh-òsta Bhorghadail aig crois-rathaid Dhalabrog. Bha boireannach a' seinn òran tuath-chiùil am badeigin anns an lounge, ach leis an ùpraid a bha timcheall orra, eadar fireannaich a' gabadaich is glainneachan a' dèanamh gleadhraich, bu ghann gun dèanadh iad a-mach am fonn no na briathran.

"Bheil fhios agad cò thuige a chuir e fòn às an stèisean?" thuirt Daibhidh. "Thugamsa. Uill, dh'fhòn e gu Alina, 's chuir e ise 's a' chlann air an cois, is bha 'n caothach oirre, is bha agam ri m' ainm innse dha na poilis mun leigeadh iad leis bruidhinn rium."

"Thuirt thusa gu robh e air fàs na b' fheàrr," thuirt Donnchadh.

"Na b' fheàrr na cò?" thuirt Daibhidh. "Peter Manuel? Fred West? Hannibal the Cannibal? Tha e dol gam mharbhadh – sin an rud a tha e dol a dhèanamh."

"Gille laghach," thuirt Donnchadh.

"Och," thuirt Daibhidh, " 's e tha dhìth air ach fear-lagha. Thuirt mi ris, 'A Chaluim, gheibh mi fear-lagha dhut. Chan urrainn dhomh an còrr a dhèanamh.' "

"Dè am feum a tha fear-lagha a' dol a dhèanamh dha?" thuirt Donnchadh.

"Nì e feum dhòmhsa," thuirt Daibhidh. "Cha bhi Calum na uallach ormsa an uair sin."

"Bidh e doirbh fear math fhaighinn a ghabhas Calum," thuirt Donnchadh.

"An ainm a Dhia," thuirt Daibhidh, "tha fhios a'm nach fhaigh mi fear math. Bha Calum leis fhèin nuair a chaidh a ghlacadh 's bha an stuth ann an cùl na bhana. Dè dhèanadh fear-lagha? An toir e air an stuth a dhol à sealladh? Am fear a tha dhìth air Calum, 's e Paul Daniels."

"Bheil de dh'airgead agad a phàigheas fear-lagha?" thuirt Donnchadh.

"Chan eil," thuirt Daibhidh. "Bha mi dìreach . . . dè mar a tha thu fhèin dheth, a Dhonnchaidh?"

"A Dhaibhidh, tha mi cho lom ri frìne an-dràsta," thuirt Donnchadh. "Bheil fhios agad air a seo? Feumaidh gu bheil rudeigin air tachairt dha na h-igheanan Ruiseanach, oir cha d' fhuair mi sgillinn ruadh bhuapa bho . . . tha mi smaoineachadh, an t-airgead mu dheireadh a fhuair mi, 's ann a' bhòn-dè a bha sin . . . Diluain . . . 's ann."

" 'S e 'n t-Èildear a rinn e," thuirt Daibhidh. "Tha am bugair cracte ud air murt is marbhadh a dhèanamh orra shuas aig Tuath, agus tha e a' dèanamh a shlighe a-nuas gu Deas fhad 's a tha sinne a' gabadaich an seo."

"Na diolacha-dèirce," thuirt Donnchadh.

"Uill," thuirt Daibhidh, "tha mi ciallachadh, bha leth-dhùil againn gun tachradh rudeigin mar seo."

"Ghabh sinn an cothrom," thuirt Donnchadh.

"Seadh," thuirt Daibhidh, " 's tha an t-Èildear a-nis ga ghabhail air a shocair, mar ghadaiche san oidhche. Nach inns thu dhomh dè 's còir dhuinn a dhèanamh?"

"Chan eil an t-Èildear a' dèanamh dragh dhòmhsa," thuirt Donnchadh. "Thàinig brath a-nuas mu dheidhinn an-diugh fhèin." Leig e osna. "Trobhad ort, a bheil e caran diùid dheth fhèin?"

"Diùid?" thuirt Daibhidh. "Tha e cho diùid ri streaker. Carson a tha thu a' faighneachd?"

"Tha e coltach nach eil e airson a bhith am measg dhaoine," thuirt Donnchadh. "Cha do dh'fhàg e an rùm aige san taigh-òsta bhon a thàinig e a dh'Uibhist."

"Chan eil mi cinnteach, a Dhonnchaidh," thuirt Daibhidh. "Cuiridh mi an tè bheag aig Alina chun an dorais ma chluinneas mi cuideigin a' beatadh air tron oidhche." Chrath e a cheann. "A bheil sinn a' dol a chumail oirnn leis an rud eile? Cuimhn' agad, *Còmhradh gun Chrìochan*?"

"Nam shùilean-sa tha e coimhead gu math," thuirt Donnchadh. "Tha mi air sgriobt no dhà a sgrìobhadh mar-thà. Cha bhiodh tu fada gus am fàsadh tu fileanta leotha. Ach mura bheil thu deònach a dhèanamh, gheibh mi cuideigin eile."

"Feumaidh tu mo leisgeul a ghabhail, a Dhonnchaidh," thuirt Daibhidh. "Chan eil mi faireachdainn coltach ri mòran a dhèanamh an-dràsta. Tha mi dìreach eadar a' chlach 's an sgrath. Mar a bha am bodach Barrach, tha mi ann an quadrangle."

16

Sheas an t-Èildear am meadhan an t-seòmair aige anns an taigh-òsta, *An t-Eilean Dorcha*, am Beinn a' Bhadhla, agus a rèir cho dearg 's a bha aodann, bha caothach tioram air. Eadar làmhan mar spaidean chrath e am botal uisge-bheatha.

"Tha seo falamh," thuirt e. "Tha fear eile am badeigin." Thog e cluasag a bha air an leabaidh agus ghabh e grèim air botal slàn Grouse. "Seo e. Bheil thu 'g iarradh tè bheag, a Mhairead?" Cha tug e fiathachadh dhan gille òg philleagach a bha na sheasamh san doras. Chuir e car de mhullach a' bhotail agus lìon e glainne leth-phinnt leis an uisge-bheatha.

"Tha e ro thràth dhòmhsa," thuirt Mairead, 's i na suidhe air sèithear tiugh ri taobh an telebhisean.

"Ro thràth?" thuirt an t-Èildear. "Tha e gus a bhith cairteal gu deich."

"Tha e fhathast ro thràth," thuirt Mairead. "Siuthad thusa ma tha thu 'g iarraidh drama, ge-tà."

"Gabh mo leisgeul, a bhean chòir," thuirt an gille. "Bheil thusa dol gam phàigheadh airson . . . uill . . . umh, an stuth?"

"Chan eil," thuirt Mairead.

Choimhead an gille oirre san dà shùil. "Nach ann annad a tha a' bhanaicheard!" thuirt e. "Bha dùil a'm gu robh thu toirt a chreidsinn orm."

"Cha bhi mise toirt a chreidsinn air duine uair sam bith," thuirt Mairead. "Iarr an t-airgead air an Leòdhasach."

"Tha an troich beag ud ag iarraidh airgead, a bheil?" thuirt an t-Èildear. "Bastar. Ma bheir mise làmh ort, cha bhi càil dhìot ach na brògan."

"Mhurchaidh," thuirt Mairead, "ge brith dè reic e dhut, feumaidh tu a phàigheadh."

"Leth-chairteal a thug mi dhut," thuirt an gille. "Còig nota deug, a dhuine."

"Tha an stuth agad gun fheum, a bhalaich," thuirt an t-Èildear. "Bhiodh barrachd kick ann an Oxo cube. Nuair a smaoinicheas mi, 's dòcha gur e Oxo cube a thug thu dhomh."

"Cha b' e, cha b' e," thuirt an gille.

"Mhurchaidh," thuirt Mairead, "pàigh e."

"Air an dreasair," thuirt an t-Èildear. "Tha mo mhàileid-phòca air an dreasair."

"Leig leis falbh," thuirt Mairead. "Tha mi airson bruidhinn riut."

"Hoigh, bhalaich," thuirt an t-Èildear. "Tha dà fhichead 's a trì innte. Nuair a dh'èireas mi bidh mi 'n dòchas gum bi trì-deug thar fhichead innte. Tuigsinn?"

Choisich an gille chun an dreasair, thog e a' mhàileid-phòca agus thug e a-mach deich notaichean.

"Okay," thuirt an gille. "Nach eil mi faighinn tip idir?"

"Chan eil," thuirt an t-Èildear.

Thionndaidh an gille a cheann agus choimhead e air an Leòdhasach mar gum biodh e air a leamhachadh 's air a sgreamhachadh aig an aon àm. Thuirt e, "Cha b' e sin an duanag a bh' agad aig leth-uair an dèidh còig sa mhadainn an-diugh."

"Bheir mi dhut tip, ma-thà," thuirt an t-Èildear. "Faigh obair cheart."

"Tha seo nas fheàrr na bhith a' buain na mònadh," thuirt an gille.

"Chan aithne dhomh càil mu dheidhinn sin," thuirt an t-Èildear. "'S e oil-fired central heating a th' againne air a' Bhac."

Choisich am fear òg chun an dorais. Stad e. Thionndaidh e is chuir e aghaidh ris an Leòdhasach. "Uill," thuirt e, "chan eil e mòran nas fheàrr na bhith buain na mònadh, aig amannan. Ach tha e, tha e a' chuid as motha dhen ùine nas fheàrr na sin. Corra uair, bheil fhios agad, coinnichidh tu ri cruadhlag, agus an uair sin tha e dìreach nas slaodaiche."

"Bheil fhios agad air seo, a bhalaich?" 's e a' cur na glainne sìos air bòrd gu faiceallach. "Latha brèagha air choreigin bheir cruadhlag dhut buille a leabhailigeas tu, 's tu bruidhinn mar sin. Dè mar a chòrdadh sin riut?"

"Saoil an cuireadh e barrachd gaoir annam na 'n t-Oxo cube?" thuirt an gille.

"Tarraing, a mhic na mallachd," thuirt an t-Èildear.

"Thoir grunnd ifhreann ort," thuirt an gille, is dh'fhalbh e gu luath, 's e dèanamh brag nuair a dhùin e an doras.

Lìon an t-Èildear a ghlainne a-rithist agus ghabh e balgam.

Bhruidhinn e ri Mairead le mulad na ghuth: "Sin an dearbh àite far a bheil mi air a bhith bhon a ràinig mi an t-eilean seo. Tha mi air a bhith glaiste a-staigh an seo bho Dhimàirt seo chaidh, 's chan eil mi faicinn ach mèirlich. An dàrna fear nas miosa na 'm fear eile. 'S tha mi air fortan a chosg air . . . air Oxo."

"Am bi thusa taght' airson Latha na Sàbaid?" thuirt Mairead. "'S e Diardaoin a th' ann an-diugh. Chan eil cus ùine agad."

"Tha mi cho fiot ri fiadh an-dràsta fhèin," thuirt an t-Èildear. "Thighearna, nach leig thu leam?"

"Tha mi air m' inntinn atharrachadh," thuirt Mairead. "Seachain na h-igheanan Ruiseanach. Chan eil iadsan an lùib a' ghnothaich a-nis ann. 'S e a nì thu, thèid thu as dèidh an duin' ud, Tiny MacCormaig, 's nuair a bhios tu ullamh, cuiridh tu eagal a bheatha air Daibhidh. An urrainn dhut sin a dhèanamh? Cha gheàrr mi d' airgead idir."

"Tha sin math gu leòr dhòmhsa," thuirt an t-Èildear.

"Trobhad, a Mhurchaidh," thuirt Mairead. "An-diugh feasgar thig triùir a-nuas dhan rùm agad an seo agus bruidhinnidh iad riut mu dheidhinn dè th' agad ri dhèanamh. Thèid thu air sgrìob còmhla riutha."

"Cà 'n Diabhal a bheil iad?" thuirt an t-Èildear. "Iarr orra tighinn suas an seo."

"Thusa," thuirt Mairead, "innsidh mi dhut dè tha thusa dol a dhèanamh – ceart? Tha thu dol innte."

"Chan eil mi sgìth," thuirt an t-Èildear.

"Tha coltas ort gu bheil thu cho sgìth ri seann chù," thuirt Mairead. "Theirg dhan leabaidh, amadain. Chan eil e aon uair deug fhathast. Thig na daoine a choimhead ort timcheall air trì uairean, agus 's fheàrr dhut bhith air do chois, oir mura bi, bheir mi fòn a Steòrnabhagh agus cuiridh na daoine shuas an sin smùid às na h-itean agad."

"Okay," thuirt an t-Èildear.

"Chan fhaigh thu deoch," thuirt Mairead, "chan fhaigh thu dad a smocas tu, chan fhaigh thu dad idir. Gabh shower agus theirg dhan leabaidh. Tuigsinn?"

"Cha ghabh mise òrdughan bho neach sam bith," thuirt an t-Èildear, "gun luaidh air do leithid-sa, a phlàigh."

17

Thionnndaidh Mairead dheth einnsean an Land Rover agus dh'fhan i gus an tàinig MacAsgaill a-mach às a' bhanca an Loch nam Madadh. Nuair a fhuair e a-staigh theann e ri bruidhinn sa bhad: "Chan ann a' gearain a tha mi, ach a bheil fhios agad gun do chuir thu còrr is ceud mìle air a' mhileage bhon a thug mi iasad dhen charbad seo dhut a' bhòn-dè?"

"Faigh os a chionn," thuirt Mairead. "Bidh fada a bharrachd air a' mhileage mun tig ceann na seachdain. Tha mi feumachdainn an Land Rover a-màireach a-rithist."

"Nach tu a tha toirt na h-ùine, a nighean!" thuirt MacAsgaill. "Okay, tha mi an seo. Dè an droch naidheachd a th' agad dhomh a-nis?"

"Uill," thuirt Mairead. "tha e coltach gu bheil . . . umh, gu robh cnap-starra romhainn leis an Leòdhasach."

"Chan eil còir aig cnap-starra sam bith a bhith romhainn," thuirt MacAsgaill. "Dè tha ceàrr?"

"An t-Èildear," thuirt Mairead. "Chan eil feum sam bith ann. Chuir mi às dha na Ruiseanaich mi fhìn. Uill, nuair a thig an ath-oidhch', cha bhi sgeul orrasan. Tha seòrsa de thuairmse nach bi sinn a' cluinntinn guth bhon Dòmhnallach airson deagh ghreis . . ."

"Dè mu dheidhinn Dhaibhidh?" thuirt MacAsgaill.

"Leig leam crìochnachadh," thuirt Mairead. "Tha mi glè chinnteach gum faigh mi grèim airsan nuair a thogras mi, ach Tiny, chan fhaigh mi faisg airsan an-dràsta."

"Ach 's esan an ceannard," thuirt MacAsgaill. "Nach dèan an t-Èildear an gnothach air an fhear sin?"

"Chan urrainn dha," thuirt Mairead. "Nam b' e an t-Èildear a b' aithne dhòmhsa bho chionn fhada, bha e air an gnothach a dhèanamh. Ach an-diugh, chan eil ann ach siofag."

"Dè tha ceàrr air?" thuirt MacAsgaill.

"A' chiad rud," thuirt Mairead, "tha e ag òl mar an trosg. Cuideachd, tha e air fàs uabhasach dèidheil air ganja."

"Dè thuirt thu, a nighean?" thuirt MacAsgaill.

"Ganja . . . stuth . . . cannabis . . . marijuana, bheil fhios agad?" thuirt Mairead.

"O, tha mi tuigsinn," thuirt MacAsgaill.

"Co-dhiù," thuirt Mairead, "tha e air a bhith an trioblaid leis an lagh a thaobh nighean òg aois sgoile; tha e dìomhain; tha a' bhean a' falbh le gill' òg; agus tha àmhghair aige leis a' chloinn aige fhèin. Agus chan eil e na èildear nas mò."

"Cha chuireadh sin bacadh air an obair a bha e dol a dhèanamh an seo, an cuireadh?" thuirt MacAsgaill.

"Chuireadh," thuirt Mairead. "Cha tig e a-mach às an rum."

"Carson?" thuirt MacAsgaill.

"Paranoia," thuirt Mairead. "Nuair a ràinig e Beinn a' Bhadhla dh'iarr e orm cnap dhen stuth fhaighinn dha, agus shaoil mi: chan e mo ghnothach-s' e. Bhruidhinn mi ri cuideigin, is thug am fear a bha seo stuth dha. Ach 's e a rinn an t-Èildear an uair sin, thug e air an duine innse dha cò an fheadhainn eile a bha sa ghnìomhachas sin. Tha e air a bhith beò air cannabis is uisge-beatha bhon a thàinig e."

"Feumaidh an t-Èildear Uibhist fhàgail," thuirt MacAsgaill. "Bha e air a bhith math nan robh e air falbh an-dè."

"Trì uairean an-diugh, a dh'innse na fìrinn," thuirt Mairead.

"Dè thuirt thu?" thuirt MacAsgaill.

"Chaidh a ghlacadh le triùir bho eaglais mhòr a' Bhac an-diugh aig trì uairean," thuirt Mairead.

"Ciamar?" thuirt MacAsgaill.

"Dh'fhòn mi thuca," thuirt Mairead. "Dh'inns mi dhaibh gu robh e às a chiall 's gum biodh e na b' fheàrr dha a bhith am measg a dhaoine fhèin air leabaidh a bhàis."

"'S thug iad air falbh e gun strì?" thuirt MacAsgaill.

"Cho luath 's a thug e sùil air na feannagan a bha siud," thuirt Mairead, "dh'fhalbh e mar uan beag. Chunnaic mi an ceathrar aca a' falbh. Bheil fhios agad dè thuirt am fear àrd tana dhiubh ris an uair a stob iad a-staigh dhan chàr e? 'Tugainn, a Mhurchaidh,' thuirt e, 'chan eil Soisgeul Crìosdail aca an Uibhist ann.'"

"'S dòcha nach robh e fada ceàrr," thuirt MacAsgaill. "Okay, chan eil air fhàgail a-nis ach Tiny . . . agus am fear òg, Daibhidh."

"Thàinig smaoin thugam dìreach an ceartuair," thuirt Mairead. "Cha chreid mi nach tèid agam air faighinn faisg air."

"Bha dùil a'm nach b' urrainn dhut," thuirt MacAsgaill. "Cha robh fhios agad cà 'm bitheadh e."

"Daibhidh," thuirt Mairead. "Cuiridh mi geall gu bheil fios aigesan càit am bi Tiny, a-màireach feasgar no an ath-oidhch'."

"An inns e dhut?" thuirt MacAsgaill.

"Innsidh," thuirt Mairead. "Cha chreid mi nach eil dòigh agam air faighinn a-mach far am bi Donnchadh còir ag atharrais air Clint Eastwood, a' smocadh a chuid Hamlets agus a' dèanamh a shùilean caogach."

"Cha bhi aimhreit sam bith ann, ge-tà," thuirt MacAsgaill.

"O, tha e doirbh a ràdh," thuirt Mairead.

"Ach bidh seo uile seachad a dh'aithghearr, nach bi?" thuirt MacAsgaill.

"A Mhaighstir MhicAsgaill," thuirt Mairead, "bidh a h-uile sìon seachad an ath-oidhch' aig deich uairean. Mo ghealladh: mura bi, innsidh mi dhut dè nì mi. Leigidh mi leat mo thoirt a-mach gu dìnnear." Rinn i gàire. "Ann am Maxim's am Paris." Bhruidhinn i gu ciùin na chluais: "Agus cha chan mi guth ri Màiri." Rug i air aodann le a dà làimh is thug i dha pòg. "Mmmmm."

Bhrùth i MacAsgaill a-mach às an Land Rover, chuir i an t-einnsean a dhol agus ghluais i air falbh.

Bha MacAsgaill na throtan às a dèidh. "Stad, a Mhairead, stad," dh'èigh e.

Stob Mairead a ceann a-mach air an uinneig agus bhruidhinn i ann an guth milis: "Cùm ort, a Mhaighstir MhicAsgaill. B' fheàirrd' thu beagan eacarsaich. Chan eil mi airson gum bi tinneas cridhe ort."

"Cha chreid mi nach eil stròc a' tighinn orm an-dràsta fhèin," thuirt MacAsgaill.

18

Bha Daibhidh na shuidhe air beingidh ann an Reception an Creag Ghoraidh, pinnt lagair air a' bhòrd air a bheulaibh. Bha e mu chòig uairean feasgar.

Chroch Mairead a còta air cromag ri taobh an dorais is shuidh i ri thaobh. Dh'òrdaich i fìon geal.

"Am faod mi suidhe an seo?" thuirt Mairead.

"Faodaidh, a leabhra," thuirt Daibhidh.

"Chan eil mòran a-staigh mun àm seo," thuirt Mairead.

"Chan eil," thuirt Daibhidh. "'S ann as fheàrr leamsa. Bidh mise tighinn an seo a h-uile latha."

"Tha fhios agam," thuirt Mairead.

"Chan fhaca mi thusa a-staigh an seo roimhe," thuirt Daibhidh. "Chan eil mi gad aithneachadh idir."

"Cha tuirt mi gun aithnicheadh," thuirt Mairead. "Chan eil mòran ann a dh'aithnicheas mise an seo. Chan eil annam ach neach-lagha – sin uile. Cha robh mi riamh nam bheatha a-staigh an seo."

"Dè thug ort tighinn a-staigh an-diugh?" thuirt Daibhidh.

"Bha mi a' coimhead air do shon-sa," thuirt Mairead. "Bha mi a' coimhead air do shon agus dh'inns am fear a bha seo gum biodh tu tighinn a-staigh an seo gu math tric mun àm seo dhen latha. Mar sin, thàine mi a-staigh. Furasta, dè?"

"Cò am fear a bha seo?" thuirt Daibhidh.

"Caraid dhut," thuirt Mairead. "Uill, tha e na charaid aig fear air a bheil thu fhèin gu math eòlach."

"Dè an t-ainm a th' air?" thuirt Daibhidh.

"Tomaidh," thuirt Mairead.

"Chan aithne dhomh duine air a bheil an t-ainm sin," thuirt Daibhidh. Shluig e sìos mu chairteal dhen phinnt aige. "'S fheàrr dhomh falbh."

"Cuiridh sin iongnadh air Tommy . . . 's air Calum cuideachd," thuirt Mairead.

"Tha fhios agad dè dh'èirich do Chalum?" thuirt Daibhidh.

"Tha," thuirt Mairead. "Nis, nach gabh thu fois airson mionaid, a Dhaibhidh – okay? Gabh pinnt eile. O, tha motair agad, cuideachd, tha mi tuigsinn."

"Tha," thuirt Daibhidh.

"Suzuki Bandit 600," thuirt Mairead. "An tanca air a pheantadh orains?"

"Ceart," thuirt Daibhidh.

"Am bi thu smocadh?" thuirt Mairead.

"Dìreach Marlboro," thuirt Daibhidh.

"Uill, tha sin math," thuirt Mairead. "Feumaidh tu bhith faiceallach mu dheidhinn sin. Tha na poilis uabhasach fhèin trom air an fheadhainn a tha ris an stuth eile. 'S ann aig Calum còir a tha fios air a sin, dè? Tha thu air a bhith a-mach às an oilthigh, dè – bliadhna?"

"Bliadhna gu leth," thuirt Daibhidh.

"Ceart," thuirt Mairead. "Sociology – 'n e 'n fhìrinn a th' agam?"

"'S e," thuirt Daibhidh.

"Sin thu fhèin," thuirt Mairead. "Tha e math nach eil thu smocadh nan spliffs tha sin. Chan eil thu airson gun tig na poilis às do dhèidh, a bheil?"

"Chan eil," thuirt Daibhidh, 's e a' gluasad gu h-anshocrach air a' bheingidh.

"Agus cha tig iad às do dhèidh," thuirt Mairead, "a chionn 's nach do rinn thu cron – a bheil mi ceart?"

"Dìreach a' gabhail pinnt san taigh-òsta," thuirt Daibhidh.

"Gu dearbha fhèin," thuirt Mairead, "chan eil dad ceàrr air a sin. Feumaidh gu bheil thu air fàs an-àird, a dhuine."

"Uill," thuirt Daibhidh, "fhuair mi girlfriend mu dheireadh thall."

"Tha sin math," thuirt Mairead. "Dè mar a tha i?"

"Chan eil i cho math sin," thuirt Daibhidh. "A dh'innse na fìrinn, tha i grod. Cha tèid i dhan leabaidh còmhla rium. Ach tha mi dol a chumail orm, ge-tà, gus am faigh mi tè a bhios deònach. Tha e coltach gu bheil iad pailt gu leòr – 's e dìreach nach eil mise a' coinneachadh riutha."

"Sin thu, bhalaich," thuirt Mairead. Rinn i 'Hud' le teanga 's le fiaclan. "Shìorraidh," thuirt i, "'s olc an airidh. Nan robh mi air coinneachadh riut na bu thràithe. B' aithne dhomh nighean a bheireadh deagh chuideachadh dhut anns an obair a tha sin. Gu mì-fhortanach, tha i a' fàgail Uibhist a-nochd."

"Seadh?" thuirt Daibhidh.

"Seadh," thuirt Mairead. "Tha sin mì-chiatach. 'S dòcha gun cuala tu iomradh oirre. Tamara NicÌosaig. Nighean bhrèagha.

Nighean mhòr bhrèagha, 's tha i a' togail oirre a-nochd dhan Ghearmailt. I fhèin 's a caraid, Tanya."

"Feumaidh nach d' fhuair i duine ann an Uibhist," thuirt Daibhidh.

" 'S dòcha," thuirt Mairead. "Ach chuala mi gu robh duine aice an Uibhist."

"Seadh, gu dearbh," thuirt Daibhidh.

"Agus gu robh an tèile, Tanya, pòst' aig Calum Dòmhnallach," thuirt Mairead.

"Cha chreid mi nach gabh mi pinnt eile," thuirt Daibhidh.

"Uill, a-nis," thuirt Mairead, 's i ga leigeil seachad, "tha e coltach gun do ghluais iad a-staigh do thaigh anns an t-Sruth Mhòr – taigh a bhuineadh do chailleach 's a tha a-nis ann an ainm duine às Uibhist a Deas. 'S e Donnchadh MacCormaig a chanas iad ris. O, ghràidhein, bhiodh parties eagalach aca a h-uile h-oidhche dhen t-seachdain – òl is ceòl is fireannaich, bheil fhios agad? – agus a h-uile madainn thigeadh tè dhiubh a-nuas gu Deas le parsail làn notaichean."

"Wow!" thuirt Daibhidh.

Bhruidhinn Mairead ann an guth ìseal: "Cà 'm bi e a-nochd?"

"Cò?" thuirt Daibhidh.

"Donnchadh MacCormaig," thuirt Mairead. "A-nochd: cà 'm bi e?"

"Chan eil fhios agam," thuirt Daibhidh.

"Dhaibhidh, a laochain," thuirt Mairead, "tha an t-àm agad a bhith smaoineachadh ort fhèin. Tha mise deònach do chuideachadh, ach feumaidh tu fhèin oidhirp a dhèanamh."

"Seo a' chiad uair a chunnaic mi thusa," thuirt Daibhidh.

"'S e càirdean ùra an fheadhainn as fheàrr," thuirt Mairead. "Am fear sin, Tiny, chan urrainn dhut a bhith cinnteach às. Cuimhnich air Trà Lì."

"Chan aithne dhomh bho thalamh cò thu," thuirt Daibhidh.

"Chan eil mòran sam bith eòlach ormsa," thuirt Mairead. "O, an t-Èildear, agus, O, seadh: Seòras, am poileasman. 'S aithne do Sheòras mi. Bheil thu airson gum fòn mi gu Seòras? Faodaidh tu bruidhinn ris, feuch am faigh thu a-mach tuilleadh mu mo dheidhinn."

"Chan eil," thuirt Daibhidh.

"Okay," thuirt Mairead, "cà 'm bi e a-nochd?"

"Chan eil clue fon ghrèin agam," thuirt Daibhidh. "Chan fhaca mise Donnchadh ach dhà no trì thursan bhon a thill mi dhachaigh. Chan eil fhios agam dè bhios e a' dèanamh air an oidhche. Bidh e aig an taigh, tha mi creidsinn."

"Okay," thuirt Mairead. Chuir i crìoch air a glainne fìon. "Bidh mi gad fhaicinn, a Dhaibhidh, a laochain. Feumaidh mi bruidhinn ri Seòras." Dh'èirich i far na beingeadh.

"Fuirich mionaid," thuirt Daibhidh.

"Carson?" thuirt Mairead. "Tha thu 'g innse dhomh nach eil fios agad. Okay, gabhaidh mi ris a sin."

"Càit am bi Donnchadh a-nochd," thuirt Daibhidh, "'n e sin a tha thu 'g iarraidh orm innse dhut?"

"Trobhad, 'ill' òig," thuirt Mairead, "tha Calum sa phrìosan. Tha dà rathad a dh'fhaodas mi a leantail. Rathad an Acrais, thèid an dithis agaibh, thu fhèin 's Donnchadh, dhan phrìosan còmhla ri Calum. An rathad eile, cha tèid ach aon fhear agaibh ann."

Theann Daibhidh ri bruidhinn gu sgagach: "Tha mi . . . Iosa, chan eil fhios agam."

"Ceart," thuirt Mairead, "gabh do roghainn, agus gabh an-dràsta fhèin i."

"Leig leam smaoineachadh . . ." thuirt Daibhidh.

"Cha leig," thuirt Mairead. "Cas no bas, an-dràsta fhèin. Feumaidh mise falbh."

"Chan eil fhios a'm . . . chan eil fhios a'm an tèid agam air seo a dhèanamh," thuirt Daibhidh.

"An tèid agad air an rud eile a dhèanamh?" thuirt Mairead. "Am prìosan?"

Chagainn Daibhidh a bheilleagan, 's e a' sìor shuathadh a làmhan air a bhriogais. "Cha tèid."

"Uill," thuirt Mairead, "tha e coltach gu bheil thu air roghainn a dhèanamh, mar sin."

"Dè th' agam ri dhèanamh?" thuirt Daibhidh.

"Faigh a-mach cà 'm bi e a-nochd," thuirt Mairead.

"Tha fhios a'm air a sin mar-thà," thuirt Daibhidh. "Bidh e snàmh anns a' phool an Sgoil Lìonacleit. Uaireigin eadar còig 's a sia. Tha e dol a chur fòn thugam no rudeigin a-nochd. Dh'inns mi dha gum bithinn aig an taigh fad na h-oidhche."

"Cha bhi thu," thuirt Mairead.

"Nach bi?" thuirt Daibhidh.

"Cha bhi," thuirt Mairead.

"Càit am bi mi?" thuirt Daibhidh.

"Bidh thu còmhla riumsa," thuirt Mairead, "agus bidh sinne far am bi esan – anns a' phool."

"Mhoire Mhàthair," thuirt Daibhidh, "chan urrainn dhomh sin a dhèanamh."

"Okay," thuirt Mairead, "tha thu air an roghainn eile a ghabhail mar sin."

"Chì e an dithis againn còmhla 's tuigidh e sa bhad gu bheil rudeigin fada ceàrr," thuirt Daibhidh.

"Ach tha cothrom againne gnothaichean a chur ceart," thuirt Mairead. "Dhaibhidh, tha cothrom agadsa thu fhèin a chur air an t-slighe dhìrich às dèidh seo."

"Dè tha thu ciallachadh?" thuirt Daibhidh.

"Dh'fhaodadh tu a dhol a-staigh airson lagha," thuirt Mairead. "Tha companaidh agamsa an Dùn Èideann agus tha sinn an còmhnaidh a' coimhead a-mach airson dhaoin' òga a dhèanadh adhbhar luchd-lagha. Bi smaoineachadh air. Neist, 's fheàrr dhuinn dèanamh air Sgoil Lìonacleit."

"An lean mi thu air a' mhotair?" thuirt Daibhidh.

"Fàg an seo e," thuirt Mairead. "Leum a-staigh dhan Land Rover còmhla rium fhìn."

"Okay," thuirt Daibhidh.

Rug Mairead air a còta is thug i roid a dh'ionnsaigh an dorais, Daibhidh ga leantainn ann an cabhaig.

19

Sheas Mairead agus Daibhidh air na leacagan a bha a' ruith timcheall air an amar-snàimh an Sgoil Lìonacleit. Bha gleadhraich anns an àite, uisge a' suathadh gun sgur agus clann ag èigheach 's a' sgreuchail. Chùm Mairead a sùil air Donnchadh, 's e a' snàmh na b' fhaisge 's na b' fhaisge air oir an amair far an robh i fhèin is Daibhidh nan seasamh. Nuair a làimhsich Donnchadh am balla, chrùb i sìos is rug i air a chluais.

"Haidh, a Dhonnchaidh," thuirt Mairead. "Nach tu tha math air snàmh. Ach tha na siorcan uile math san uisge."

"Haidh," thuirt Donnchadh is anail na uchd. Chaith e smugaid. "Cò tha seo, a Dhaibhidh?"

Dh'imlich Daibhidh a bheilleagan mun do fhreagair e. "Seo agad . . . umh, chan eil fhios a'm dè chanas iad rithe . . . Seo agad an gafair ùr agam, a Dhonnchaidh," thuirt e. "'S fheàrr dhut èisteachd rithe."

"Okay," thuirt Donnchadh, "greas ort, a nighean. Chan eil cus ùin' agam."

"Chan eil ùin' idir agad, a Dhonnchaidh," thuirt Mairead. "Tha a' chluich caillte."

"Dè tha thu smaoineachadh a th' annad – referee?" thuirt Donnchadh.

"Chan eil thu fada ceàrr," thuirt Mairead. " 'S e neach-lagha a th' annam."

"Tha gràin an uilc agam air luchd-lagha," thuirt Donnchadh. "Agus chan eil mòran agam mu do dheidhinn-sa, a ghalghad."

"A' bharail a th' aig mo chàirdean agam orm – sin an rud a tha prìseil dhòmhsa," thuirt Mairead. "Mura bheil meas agad orm, biodh agad. Tha mise coma."

"Tha mi air bhioran gus an cluinn mi dè th' agad ri ràdh," thuirt Donnchadh.

Cha do leig Mairead oirre gun cuala i e. "Tha mi deònach gum bi a h-uile dad ceart agus cothromach air oighreachd Lord Granville an Uibhist a Tuath. Chan eil iad sin – 's fada bhuaith' e."

"O, tha mi duilich sin a chluinntinn," thuirt Donnchadh. "Cha dèan math dhuinn fear a bhuineas do dh'Ealasaid chòir a chur throimht-a-chèile. Dè as miosa tha dèanamh dragh dhut?"

"Thusa," thuirt Mairead.

"Dhia," thuirt Donnchadh, "cha robh fios agam gun aithnicheadh neach-lagha mo leithid-sa."

"Ach tha mi gad aithneachadh, a ghràidhein," thuirt Mairead. "Agus mura dèan thu mar tha mise ag iarraidh ort, bidh neach-lagha a tha fada nas àirde na mise a' faighinn gu math eòlach ort cuideachd: an Siorram."

"Tha fhios aice air a h-uile sìon, a Dhonnchaidh," thuirt Daibhidh.

"Chan eil fios aice air sgath," thuirt Donnchadh. " 'S dòcha mu do dheidhinn-sa, ach cha dèan i damaist ormsa."

"Sa chiad àite," thuirt Mairead, "bheir mi iomradh air a' chruit anns an t-Sruth Mhòr. Le Ciorstaidh a bha i siud. Thug thu air a' chaillich bhochd a h-ainm a chur air pàipear a dh'fhàg an t-àite agadsa. '*Extortion of Assignation of Tenancy*', a Dhonnchaidh. Trì bliadhna co-dhiù. '*Conspiracy to Circumvent Immigration Laws*', a Dhonnchaidh. Dà bhliadhna eile. '*Living on Immoral Earnings*', a Dhonnchaidh. Bheir iad bhuat a h-uile rud a bhuineas dhut: taighean, càraichean, a h-uile leabhar-banca a bh' agad riamh. Thèid càin ort a bhios cumhachdach agus gheibh thu poile eile sa phrìosan."

Thog Donnchadh e fhèin a-mach às an amar agus sheas e air beulaibh an dithis eile, a bhodhaig a' sileadh uisge agus coltas diombach air aodann. "Trobhad, tha mi duilich gur ann mar seo a' tha sinn a' coinneachadh . . ."

"Chan eil thu leth cho duilich 's a tha mise," thuirt Mairead.

" 'S a tha mise," thuirt Daibhidh.

Dh'fhosgail Donnchadh a bheul ach cha tàinig fuaim sam bith às fad dà dhioga: "Ach 's cinnteach gun tèid agad air dìochuimhneachadh mu dheidhinn seo . . . umh, air duais bheag luath air choreigin?"

Rinn Mairead lachan gàire. "Beag?" thuirt i. "Luath? Chan ann a' dèanamh dì-meas ort fhèin a tha thu, Dhonnchaidh, an ann?"

Thàinig stad air an triùir aca. Mu dheireadh, thionndaidh Donnchadh ri Daibhidh. "A Dhaibhidh," thuirt e, "thalla 's faigh searbhadair dhomh."

"Chan ann còmhla riutsa a tha mi, Dhonnchaidh," thuirt Daibhidh. " 'S ann còmhla rithese a tha mi a-nis."

"Dh'inns mi dhut dè tha dol a thachairt," thuirt Mairead, " 's chan eil e a' còrdadh riut. Innsidh mi dhut a-nis dè dh'fhaodas mi a dhèanamh air do shon. Gabh e no fàg e."

"Cha mhòr nach eil mi an ìmpis mo dhòchas a leigeil suas," thuirt Donnchadh, is fhiaclan a' snagadaich. "Gabhaidh mi rud sam bith."

"O, tha fhios a'm air a sin," thuirt Mairead. "Ach tha rud beag a bharrachd air rudeigin a ghabhail ceangailte ris a seo. 'S e tha seo ach cunnradh. Feumaidh tusa rudeigin a thoirt seachad – ceart?"

"Ceart," thuirt Donnchadh ann an guth similidh.

"Cuiridh mi na casaidean a tha nad aghaidh air mullach an teine," thuirt Mairead, " 's cha chan mi guth ris na poilis."

"Chan eil mi dol a dh'fhàgail Uibhist," thuirt Donnchadh.

"A Dhonnchaidh," thuirt Mairead, "chan ann ag iarraidh ort rudeigin a dhèanamh a tha mi." Stob i a corrag air uchd. " 'S ann ag innse dhut a tha mi."

"Ach feumaidh mi rudeigin a dhèanamh," thuirt Donnchadh.

"Ceart," thuirt Mairead. "Thoir dhomh t' fhacal fìrinneach nach bi làrach do bhròig air talamh Uibhist a Tuath gu bràth tuilleadh. Faodaidh tu spùinneadh a dhèanamh mu Dheas – agus bidh thu ann an staing an ath-bhliadha rithist – ach seachain an Ceann a Tuath."

"Okay," thuirt Donnchadh gu h-ain-deònach.

"Chan eil mi ullamh fhathast," thuirt Mairead. "Tha mi dol a dh'fhaighinn fiach m' airgid an seo. Cuir t' ainm ris a seo." Thug i grunn phàipearan agus peann a-mach às a baga agus chùm i a sùil air Donnchadh fhad 's a bha e a' sgrìobhadh. Nuair a bha e ullamh, thug i na pàipearan bhuaithe agus chuir i air ais dhan bhaga iad.

"Dè na pàipearan tha sin?" thuirt Daibhidh.

"'S ann a thaobh an taighe anns an t-Sruth Mhòr a tha iad," thuirt Mairead. "Tha *Power of Attorney* agamsa air gnothaichean Ciorstaidh a-nis, agus is leamsa a' chruit." Chrom i ceann gu cluais an fhir òig is rinn i sanas: "Eadarainn fhìn agus an ursann, a Dhaibhidh, nach i a dhèanadh an deagh phad do fhleasgach – nàdar de Dacha dha air an tuath, 's e fhèin ag obair sa bhaile mhòr, 'eil fhios agad?"

"Sguiribh a ghabadaich an sin," thuirt Donnchadh, 's e air chrith leis an fhuachd. "Tha mi gus mo reothadh an seo."

"'S tu tha, 'ille," thuirt Mairead, 's i a' dèanamh praoisgeil. "Tha mi mothachadh dhan sin. Bha dùil a'm gu robh mi dol a bhruidhinn ri fireannach nuair a thàine mi a-staigh an seo." Dh'amhairc i a dh'aon ghnothach air a ghobhal. "Chan e ospadal Bhail' a' Mhanaich no ospadal Steòrnabhaigh a bheir leigheas dhut. 'S fheàrr dhut a dhol a Yorkhill an Glaschu – gu ospadal na cloinne."

Thug seo gàire air Daibhidh. "Nach eil i amaiseach, a Dhonnchaidh?"

"Sgràthail fhèin èibhinn," thuirt Donnchadh gu farmadach.

"Bheil còrdadh eadarainn?" thuirt Mairead.

"Tha," thuirt Donnchadh, 's a smiogaid air a theannachadh ri bhroilleach.

"Mo ghràdh air a' bhalach," thuirt Mairead. "Trobhad an seo mionaid 's gum fàisg mi thu los gum blàthaich thu beagan." Chuir i a gàirdean timcheall air Donnchadh agus theann i ri ghurradh 's ri pheataireachd. Bha seo a' fìor chòrdadh ris. Bha e a' plosgartaich 's ag othail. Gu h-obann, bhrùth Mairead e gu oir an amair.

"'S fheàrr dhut fantail air an taobh sa dhen fhadhail o seo a-mach," thuirt Mairead. "Bha fadachd orm gus am faighinn do bhrathadh." An sin, phut i Donnchadh dhan uisge.

Chaidh Donnchadh bàrra-fairis an coinneimh a chùil dhan amar agus rinn e plub mòr.

Bha a' chlann a chunnaic a' charachd air an dòigh agus chaidh iad nan lùban a' gàireachdainn.

20

Leum an Land Rover a-mach às an àite-parcaidh aig Sgoil Lìonacleit, a' dol seachad air na lùban air an rathad gu Tuath aig astar, 's na taidhrichean a' sgreuchail. Air a' chabhsair eadar Beinn a' Bhadhla is Uibhist a Tuath, thuirt Mairead, "Tha thu a' dol ro luath, a Dhaibhidh."

"Ìosa," thuirt Daibhidh, "an robh thu a' dol a dh'innse dha na poilis mu dheidhinn dha-rìribh?"

"Bha," thuirt Mairead. "Ach cha leig mi leas innse ortsa. Beiridh fear dhiubh oirnn ma chumas tu ort a' dràibheadh aig an astar sin."

"Tha thu fuireach ann a Bhàlaigh, a bheil?" thuirt Daibhidh.

"Gu math faisg dha," thuirt Mairead. "Neist, gabh air do shocair."

"Chan urrainn dhomh," thuirt Daibhidh.

"Trobhad, 'ille, cuir maill air a' chàr seo – 'eil thu tuigsinn?" thuirt Mairead.

"Chan urrainn dhomh," thuirt Daibhidh. "'N fhìrinn ghlan a th' agam."

"Tha ùine gu leòr againn," thuirt Mairead.

"Bheil thusa deònach dràibheadh?" thuirt Daibhidh.

"Tha," thuirt Mairead.

Stad an Land Rover gu cas. Dh'fhosgaileadh dorsan, chualas ceumannan a' ruith timcheall air a' charbad, agus dhùineadh na dorsan. Thog iad orra, ach an turas seo aig astar na bu shlaodaiche.

"Tha mi 'n dòchas," thuirt Mairead, "gum bi thu air sìoladh sìos nuair a bhios agad ris an Land Rover a thoirt suas gu Deas."

"O, bheil agam ri seo a thoirt air ais?" thuirt Daibhidh.

"Tha," thuirt Mairead. "Tha thu dol suas a Loch Baghasdail."

"A bheil?" thuirt Daibhidh. "Dè nì mi leis a' mhotair agam?"

"Fàg e far a bheil e an-dràsta," thuirt Mairead.

"'S dè mar a chuireas mi an Land Rover air ais thugad?" thuirt Daibhidh.

"Chan eil mi ga iarraidh air ais idir," thuirt Mairead.

"Dè thuirt thu?" thuirt Daibhidh.

"'S e preusant a tha mi toirt dhut, a Dhaibhidh," thuirt Mairead.

"An-asgaidh?" thuirt Daibhidh.

"Cuir do làmh sìos dhan phoca a tha ri cliathaich an dorais," thuirt Mairead. "Gheibh thu na pàipearan – MOT, *Certificate of Insurance, Registration Document* is rudan mar sin. Faodaidh tu a reic nuair a bhios tu deiseil dhed cheann-gnothaich ma thogras tu."

Dh'fhosgail Daibhidh cèis phlastaig agus rinn e sgrùdadh air na bha na broinn.

"O, ceud mìle taing," thuirt e. "Tha mi fada nad chomain . . . umh, dè bha thu ciallachadh nuair a thuirt thu 'deiseil dhed cheann-gnothaich'? An ann nuair a ruighneas mi Loch Baghasdail a tha mo cheann-turais ullamh?"

"O, chan ann, a Dhaibhidh," thuirt Mairead. "Tha eagal orm gu bheil thu dol fada nas fhaide na Loch Baghasdail."

"Dè cho fada?" thuirt Daibhidh.

"Gu ruige Hamburg," thuirt Mairead.

"Chan aithne dhòmhsa mo shlighe a Bhàgh a' Chaisteil, gun luaidh air Hamburg," thuirt Daibhidh.

"Chan eagal dhut," thuirt Mairead. "Bidh deagh fhear-iùil agad."

"Cò?" thuirt Daibhidh.

"Tommy, an gill' aig mo phiuthair," thuirt Mairead.

"Ach chan aithnich mi am fear sin ann," thuirt Daibhidh. "Bidh e doirbh . . . umh, cha bhi e furasta còmhradh a dhèanamh ri coigreach air turas cho fada sin. Chan e slighe tac an dorais a th' ann eadar Uibhist is a' Ghearmailt, bheil fhios agad?"

"O, tha fhios agam," thuirt Mairead. "Tha 's aig Calum. Nach robh esan 's Tommy thall bho chionn cola-deug?"

"Cha chuala mi guth mu dheidhinn sin idir," thuirt Daibhidh.

"Nach tu a dhèanadh an deagh fhear-lagha, a Dhaibhidh!" thuirt Mairead.

"Ciamar?" thuirt Daibhidh.

"Tha thu 'g innse bhreugan mar nach biodh tu smaoineachadh air," thuirt Mairead.

"Uill," thuirt Daibhidh, "feumaidh mi ràdh nach eil mi às mo chiall mu dheidhinn sgrìob dhan Ghearmailt còmhla ri bug – umh, còmhla ri cuideigin nach aithne dhomh."

"Cha bhi sibh leib' fhèin idir," thuirt Mairead. "Bidh feadhainn air a bheil thu gu math eòlach a' falbh còmhla ribh."

"Cò 'n fheadhainn?" thuirt Daibhidh.

"Uill," thuirt Mairead, "bidh a' bhean agadsa a' dol ann."

"A' bhean . . . agamsa?" thuirt Daibhidh.

"Seadh, Tamara," thuirt Mairead. "Bheir i fhèin 's a companach Tanya aoigheachd is bàidh dhuibh air an t-slighe." Stad Mairead aig taigh a h-athar. Cha do bhruidhinn aon seach aon aca airson greis mhath.

Mu dheireadh, labhair Daibhidh is coltas air gu robh Mairead air gabhail air: "Bheil agamsa ri seo a dhèanamh dha-rìribh?"

"Tha," thuirt Mairead. " 'S e sin mura bheil thu airson a bhith còmhla ri do charaid Calum anns a' phrìosan, agus ma tha thu airson ciùird ùr ionnsachadh an Dùn Èideann. Cuiridh tu clann-nighean a' bhaile mhòir nam puins, a Dhaibhidh. Bidh Land Rover agad. Agus a chionn 's gu bheil thu fada ro bhrèagha do dh'fhireannach, feumaidh mi sabaid riutha mum faigh mi a-staigh dhan oifis agam fhìn sa mhadainn."

Bha Daibhidh gluasadach air an t-suidheachan-aiseig. "Gun teagamh, tha thu ceart," thuirt e. "Nuair a chuimhnicheas mi air na thubhairt thu, tha e . . . uill, tha blas eile a' tighinn air a' ghnothach."

"Tha sin math, a Dhaibhidh," thuirt Mairead. "Nis, feumaidh mi t' fhàgail. Tha tòrr fònaidh agam ri dhèanamh a-nochd fhathast." Thàinig i a-mach às an Land Rover, a' leigeil le Daibhidh sleamhnachadh a-null gu suidheachan an dràibheir. "Tha fhios agad dè th' agad ri dhèanamh, a-nis," thuirt i.

"Tha," thuirt Daibhidh gu goirid. "Tha mi a' dèanamh air Loch Baghasdail. Chun a' chidhe. Bidh an fheadhainn eile nam choinneimh an sin. Cha stad mi idir aig an taigh-òsta. Coimheadaidh tu fhèin às dèidh a' mhotair agam gus an till mi."

"'S mi gun dèan sin, a laochain," thuirt Mairead. "Tha thu taghta nis, a bheil?"

"Tha," thuirt Daibhidh.

"Tha mi dìreach a' dèanamh cinnteach," thuirt Mairead. "Cha b' urrainn dhut dràibheadh ceart an uair ud."

"Tha dà uair an uaireadair agam airson faighinn suas," thuirt Daibhidh. "Gabhaidh mi air mo shocair e."

"Bidh cuimhn' agad air a h-uile dad, nach bi?" thuirt Mairead.

"Bithidh, bithidh," thuirt Daibhidh gu mì-fhoighidneach. "Cidhe Loch Baghasdail. Togaidh mi Tomaidh agus . . . na siù – umh, na h-igheanan Ruiseanach – agus togaidh sinn oirnn dhan Ghearmailt."

"Seo," thuirt Mairead, 's i a' toirt cèis dha. "Gabh seo."

"Dè th' ann?" thuirt Daibhidh.

"Beagan airgid," thuirt Mairead. "Ach am facal a chleachdas daoine mar a tha sinne – luchd-lagha, bheil fhios agad? – 's e 'retainer'."

Chaidh doras an Land Rover a dhùnadh le gliong. Ghluais Daibhidh air falbh, 's e a' seinn na dùdaich gu dìoghrasach.

21

Air madainn Disathairne, is gaoth an ear a' beothachadh, shuidh Mairead air cloich ri taobh geata taigh a h-athar agus chùm i faire air MacAsgaill, a bha a' sìor dhlùthachadh air baidhsagal.

Nuair a ràinig e far an robh i, thuirt e, "Duilich gu bheil mi fadalach." Smèid e chun a' bhaidhsagail mar gum b' e sin a leisgeul. "Tha e doirbh a bhith strì an aghaidh na gaoithe."

"O, aidh," thuirt Mairead. "Mar a tha e a' cantail san t-seanfhacal, 'Thugainn, ars an Rìgh; fuirich, ars a' ghaoth.' "

" 'S ann agam a tha fios!" thuirt MacAsgaill. "Tha lapadh air mo làmhan a' tighinn an seo."

" 'S math an rud ris am bi dùil," thuirt Mairead.

"Tha a h-uile càil mar bu ghnàth a-nis, mar a tha mi tuigsinn," thuirt MacAsgaill. "Mu dheireadh thall."

"Bheil fhios agad air a seo, a MhicAsgaill?" thuirt Mairead. "Do dhuine a tha mi feuchainn ri chuideachadh, tha thu gu math greannach. Dh'fhaodainn-sa a bhith air iarraidh ort tighinn a Ghlaschu an-diugh gam choinneachadh. Tha agam ri dhol a Ghlaschu an ùine nach bi fada air ceann-gnothaich, agus shaoil mi gum falbhainn air a' phlèan an-diugh. Cha ruiginn a leas tilleadh gu Diluain. 'S ann tha mise a' feuchainn ri bhith laghach riut."

"Dè tha ceàrr an Glaschu?" thuirt MacAsgaill. "Cogadh air bristeadh a-mach eadar muinntir Ghlaschu agus muinntir Dhùn Èideann?"

" 'S e rud gu math sìmplidh a th' ann," thuirt Mairead. "Duine 's a bhean, seinneadairean a th' annta – Na Politicians a chanas iad riutha – rinn iad CD an-uiridh fo bhratach companaidh ann an Glaschu, agus ged a tha iad air faisg air mìle gu leth a reic thuige seo, chan fhac' iadsan sgillinn ruadh fhathast. Chuir mi litir mhòr bhrèagha a Ghlaschu ag ràdh gun toirinn na fiaclan-deiridh asta mura cuireadh iad seic gu Murchadh is Anna sa bhad. Agus nan gabhainn sgrìob sìos a Ghlaschu, bhiodh an t-aithreachas orra. 'S toigh leam a bhith dèanamh fàbhar do dhaoine an-dràsta 's a-rithist."

"Dèan fàbhar dhòmhsa," thuirt MacAsgaill. "Fhad 's as beò mi, na dèan fàbhar eile dhòmhsa. Chunnaic mise mar a tha thu 'g obair."

"Innsidh mi dhut dè nì thu," thuirt Mairead. "Thoir dhomh an t-airgead."

Thug MacAsgaill cèis thiugh do Mhairead agus dh'fhàs a shùilean cruinn nuair a dh'fhosgail i a' chèis agus a theann i ri cunntadh an airgid. "Thighearna," thuirt e, "chan ann ris a' chunntais a tha thu a-muigh an seo?"

"Ist!" thuirt Mairead, 's i a' dèanamh brunndail fhad 's a bha i a' cunntadh.

"Toilichte?" thuirt MacAsgaill.

"Chan eil," thuirt Mairead. "Chan eil an seo ach còig mìle."

"Uill," thuirt MacAsgaill, "bha e fhèin ag ràdh, a chionn 's gun tug thu seachad an Land Rover gun chead . . . agus nach robh gnothach aigesan ris an Èildear . . . uill, mar sin, shaoil mi gum biodh e iomchaidh . . . trì a chumail air ais . . . gus . . . uill, umh, gus am faighinn cothrom bruidhinn riut fhèin."

Bhruidhinn Mairead ann an guth cruaidh: "Thoir dhomh dà mhìle dhe na th' agad ann am pòcaid an taobh a-staigh na seacaid agad."

"Ach, a Mhairead," thuirt MacAsgaill, "chan eil sin a' fàgail ach . . ."

"Mìle," thuirt Mairead. "Mìle airson mise bhith babhsgaideach. 'S mi a chuir an t-Èildear air fhastadh, agus cha b' fhiach e am poll. Mo choire-sa a bha sin. 'S tha mi pàigheadh air a son."

"Ach an Land Rover . . .?" thuirt MacAsgaill gu tiamhaidh.

"Dh'fhaighneachd Tommy do chuideigin aig Clann Ruairidh Fhearchair shìos am Bail' a' Mhanaich dè b' fhiach e," thuirt Mairead, "agus thuirt am fear a bh' ann nach toireadh e cassette de dh'Iain MacAoidh air. Dhomh dà mhìle."

Gun truas sam bith na sùilean, choimhead Mairead air MacAsgaill. Mu dheireadh, thug e seachad cnap de notaichean dhi.

"Tha e doirbh do riarachadh, a bhoireannaich," thuirt MacAsgaill.

"Tarraing a-mach às mo shealladh, a bhriogadair a tha thu ann," thuirt Mairead, " 's bidh mi riaraichte an uair sin."

"A Mhairead," thuirt MacAsgaill gu cianail, "bha mi smaoineachadh gu robh sinn gu math dàimheil dha chèile. Bha mi dhen bheachd gu robh rudeigin eadarainn."

"'S dòcha gu robh," thuirt Mairead. "Airson greis." Rinn i snodha-gàire. "Cha dèan math dhuinn a bhith gearain. Sin cor an t-saoghail, a Mhaighstir MhicAsgaill. Bidh rudeigin againn. Ach dìreach airson treiseag."

Leum MacAsgaill air a' bhaidhsagal agus rinn e deiseil airson falbh. "An toir mi dhut lift a bhadeigin?" thuirt e.

Bha fiamh gàire air a h-aodann nuair a chrath i làmh ris 's i ga chur air falbh. "Ma bhios mise ag iarraidh lift," thuirt i, "fònaidh mi airson tagsaidh. Thalla, 's bi guidhe ri Dia nach fòn mi gu Màiri às dèidh sin."